辺境薬術師のポーションは至高 2

騎士団を追放されても、魔法薬がすべてを解決する

Kou Kakui
鶴井こう
illust.
中西達哉

サフィ
誇り高きエルフのイメージを壊す
軽ーいノリで、辺境の工房を
運営する金髪美少女。
ニア
変な鳴き声の猫(?)
角に強い魔力を宿している。
ロッド・アーヴェリス
本作の主人公。家も金も職も失い、
辺境伯に拾われた魔法薬術師。
ポーション作りの才を秘めている。
メリア・
クリムレット
辺境伯のおてんば娘。
干からびそうなロッドを
拾ってあげた。

CARA
アララド
辺境伯に用心棒として
雇われている鬼人《オーガ》。
酒と臭いつまみが大好き。
スキア
不敵、奔放、金欠な
天才(?)魔法道具職人。
自己主張は激しいが、
みんなに一目置かれている。

プロローグ

俺、ロッド・アーヴェリスの職場である『サフィール魔法工房《まほうこうぼう》』は、クリムレット辺境伯《へんきょうはく》お抱えの魔法工房である。

王国騎士団大隊付きの魔法薬術師《まほうやくじゅつし》だった俺は、非正規で何年もこき使われた挙句《あげく》、同僚に手柄を横取りされて戦力外通告。無職になったところを、辺境伯の娘――メリアと出会い、彼女と父親に拾われて辺境伯領フーリァンの工房で働くことになった。

ここでは魔法道具や魔法薬――ポーションを製作し、辺境伯軍へ納品している。

普段は主に俺や工房の長《おさ》で、金髪できれいな顔立ちをしたエルフ、サフィさんがポーションを作っているのだが、この工房にはもう一人、魔法道具専門の職人がいるらしい。

ずっと留守にしていたその人は、何やら旅に出ているということだったが――

「余が！！！　帰ったぞ！！！！！」

妙な魔法石を持っていたグレント魔法盗賊団《とうぞくだん》なる人たちを捕まえて、工房へ帰ってくるときに出くわした女の子。

この人がそうなのだろうか。帰った、と言ったが。

十代半《なか》ばくらいの、長い黒髪の美少女だった。

羽織《はお》っている黒い外套《がいとう》から、黒いシャツと黒いハーフパンツが覗《のぞ》いている。

「スキアうるさい」

サフィさんは、とがった耳をピクリと動かす。

「えっと、どなたです？」

「お前こそ誰だ⁉　……サフィ！」

俺が尋ねると、スキアと呼ばれた黒髪美少女はサフィさんのほうに顔を向けた。

「どこのどいつだこいつは⁉　サフィの男か⁉」

声でけえ。

「ち、違うよ！」

サフィさんは顔を赤くしながら首を左右に振った。

「じゃあ誰の男なんだ……？」

誰かの男という発想がおかしいだろ。

サフィさんの知り合いらしいこのスキアという名の少女——見た目は美少女だが間違いなく変人だ。そうに違いない。

第一章　黒髪美少女

……話を聞けば、やはりもう一人いると言われていた工房の住人が、彼女らしい。

サフィさんの工房でお茶を出すと、座っていたスキアさんは立ち上がった。

「はは！　いつの間にか余に後輩ができていたとはな！」

「じゃあ、工房にあるゴーレムを作ったのって」

質問すると、スキアさんは歯を見せて笑ってうなずいた。少しとがった八重歯《やえば》が見える。

サフィさんの工房にはゴーレムらしき土人形的物体が一体鎮座《ちんざ》しており、以前聞いた時、作り主は旅に出ていていないと言っていた。

「それは余！」

彼女が作り主らしい。

「スキア・ノトーリア・エクリプス！　それが名だ！」

それが名らしい。

なんかこう、黒い外套といい、主張の激しい感じといい、そこはかとなくあのオジサンを名乗る『少女怪盗《しょうじょかいとう》』を彷彿《ほうふつ》とさせるな。

「どことなくオジサンと同じ香りがしますね」

「女の子つかまえておっさんと同じ臭いとか失礼だな、お前」

いや、そのおっさんじゃなくて。怪盗のほうのおっさんね。怪盗のほうのおっさんてなんだよ。

「スキアはね、珍しい鉱石を探しに『ストレイト』まで行ってたらしいんだけど……」

サフィさんが説明してくれる。

独立鉱業都市ストレイト——ドワーフたちの町で、鉱山採掘や鉱業がさかんな都市国家である。

「そう！」

がたん、とまたスキアさんが立ち上がってうなずいた。

「決して錆《さ》びないと言われている幻《まぼろし》の金属『オリハルコン』！　余はそれを探しに行っていた！」

「……それって、超希少金属ですよね。魔力を増幅させる性質もあるっていう」

存在するという文献《ぶんけん》は多数あるが、一般には流通していないし、鉱床が発見されたなんて話も聞かない。ほぼ伝説上の金属だ。

「そうだ！　聡《さと》いのは感心だな後輩！」

「見つかったんですか？」

「聞きたいか？」

ふふふと不敵に笑いながらスキアさんは顔を近づけてくる。美人だから少しどぎまぎしてしまう。

「ええ、まあ、聞きたいです」

「なかった！」

なかったんかい。

「でもすごいですね。ほしい素材を求めて旅までするなんて。ゴーレムのレシピとかもそうやって手に入れたんですか？」

「あれはゴーレムに似せているだけで、伝説のゴーレムを復活させたわけではない。ゴーレムは製法が失われていて、完全に解明されてはいないからな。余が現存の資料をもとに中途半端に再現しただけにすぎん。動かすことはできるが、伝説のように半永久的には動かないのだ。定期的な魔力供給が必要になる」

聞くところによると伝説のゴーレムとは、刻《きざ》まれた『真理』という文字が削《けず》られない限りは主人の命令どおりに動き続ける土人形らしい。似せただけでも、こんなものを作れるのはすごい。

俺は改めてゴーレムを見た。

……この居候《いそうろう》のことをいつも見ていたけど、毎回疑問に思っていたことがあるんだよな。

「そういやこいつ、どうやってこの工房から出すんです？　大きすぎて出られなくないですか？」

「…………」

スキアさんはすとんと椅子に座り直して腕を組んだ。

ゴーレムはけっこうな大きさで、けっこうな重量のように見受けられる。

少なくとも、持ち上げられないし絶対にドアを通れない。掃除とかするときにわりと邪魔なのである。

「後輩！」

「はい」

「細かいことを気にしていたらすぐにハゲるぞ！」

「えぇー……」

もしかして出せないの？

作ったはいいけど外に出せなくて仕方なく工房内に置いてるの？

「いい機会だから後輩、お前と遊んでやる」

「はい？」

「このゴーレム、工房を一切壊さず外に出してみるがいい！」

めんどくせぇー！　この人！　俺に問題押しつけるつもりだ！

「これはあれだぞ。レクリエーション的な？」

「覚えたての単語をよくわからないまま使う人みたいな言い方ですね」

ドアや窓からは出せなさそうなゴーレムを外に出す……いや、どうやって？

サフィさんを見ると、

「工房のどこか壊したら弁償《べんしょう》ねー」

暇《ひま》つぶしができたと言わんばかりの表情でニコニコ紅茶を飲んでいた。

「もし見事外に出すことができたら、余に対して好きなだけドヤ顔できる権利をやろう」

いらねえ……

「副賞として、ストレイトで手に入れた希少金属『アダマンタイト』——これを後輩に分けてやろう」

「！」

それはちょっとほしい！

アダマンタイトは硬くて加工の難しい金属だが、それゆえに丈夫で、魔力もよく伝達してくれる。

希少な金属の一つで、とてつもなく高価だ。

おすそわけしてもらえるなら、ぜひもらいたい。

「で、どうする？　別に断ってもいいんだぞ」

スキアさんが挑発的に笑った。

「当然、やります」

俺は即答した。

ドアから出せないゴーレムを工房の外に出す。方法は――今から考える。

「がんばれ～」

サフィさんから声援が聞こえる。

たぶん一番楽しいのは、この光景をおかずに紅茶を飲んでいるこの人だろう。

……こんなことになるならゴーレムの研究報告書をくまなく読んでおけばよかった。

スキアさんだって、ああは言っているけれども、さすがに外に出す方法を考えないままゴーレムを作ってはいないだろう。

彼女は動かせると言っていたので、魔力をこめて動かすことさえできれば、このゴーレムの持つなんらかの能力で外に出せるのではないだろうか。

「魔力ってどうやって流すんです？」

「背中に魔法石があるから、そこから魔力をこめる。しかし魔力をこめたら自動で立ち上がるようにしてあるからここじゃ無理だぞ。天井とかそのへんのものが破壊される」

嘘だろ……何その設定。

「なぜそんな設定に」

「かっこいいからだ」

「うーん」

俺はとりあえずゴーレムに触ってみる。なんのことはない土人形である。

背をドアにつけるようにして座っているので見えにくいが、たしかに首筋のあたりには大きめの魔法石が一つ埋《う》まっている。よく見ると口のあたりの箇所にも魔法石が埋まっていた。

俺は首を傾《かし》げる。

いや、土？

材料は魔法石二つと土だけ？

魔法石を並列でつなぐときは、なんらかの金属を用いるのが基本だ。

鑑定器だってメリアのネックレスだって、金属で魔法石同士をつないで作られている。

金属以外では、魔力を伝えるのが難しい。土で魔法石をつなぐなんて、できなくはないのかもしれないが、魔法使いの常識からしたら不適切である。

俺は魔法石の周りを拳《こぶし》で叩いてみる。

「！」

カンカン、という金属音。

このゴーレム、固めた粘土《ねんど》でコーティングされてはいるが……

細部を確認してみると、関節のところから金属が垣間《かいま》見えた。

「すげえ、骨格が金属でできてる！」

「ははは、そうだろう！　魔法石からの魔力の伝達を考えるならそうなるのだ！」

だんだんと集中してくる。

周囲の音がうっすらとしか聞こえなくなり、ゴーレムの観察だけに神経が向けられる。

「この試作一号に、余は『アトラス』と名前をつけた！　パワーもあるし、口の中には攻撃用の魔法石も搭載《とうさい》していて――」

スキアさんの早口な解説も頭に入ってこない。

このゴーレム……なるほど。構造が少し理解できた。

魔法石と金属からなるフレームに、肉付けするように土がコーティングされている。本体は土ではなく中の金属か。

「わかりましたよ。外に出す方法」

「ほう？」

俺は工具箱を持ってくると、いくつか工具を取り出して、

「では、失礼します」

関節部から工具を差し込んで、ゴーレムの骨格をバラバラに分解した。

「！」

手足頭胴体はパーツごとに分けることができた。

スキアさんのゴーレムはもともと、個々のパーツごとに作ってから組み上げられていた。

そちらのほうがメンテナンスは楽だし、一部が破損してもパーツを付け替えるなどすれば容易に修復できるからだ。

スキアさん自身は大変ふざけているように見えるが、ゴーレムの製作は細部までとても考え尽くされている。魔法使いとしても魔法道具職人としても相当な腕がないとこんなもの作れない。正直脱帽《だつぼう》だ。

そして分解することを前提に考えられているからこそ、バラバラにするのは簡単だ。

バラバラにしてしまえば個々のパーツは小さいので、ドアから通すことができる。

「そんなバラバラにしてもとに戻せるのか？」

「たぶん大丈夫です」

スキアさんに答えながら、俺は分割されたパーツをドアから外に出す。

胴体はさすがに重かったが、それもいくつかのパーツに分けてギリギリ出すことができた。

そしてバラバラにしたのと逆の工程で、今度は組み上げる。

ゴーレムが、完全に工房外に出た。

「一目で構造を理解して分解するとは……器用なやつだな！」

スキアさんの言葉を聞いたサフィさんがへへへ、と自慢げに笑いながら近づき、俺の背中をポンと叩いた。

「うちの期待の新人だからね」

何はともあれ、これで課題はクリアだろう。

「悔しいが、余の言葉に二言はない」

スキアさんは震える拳を握りながら言った。

「好きなだけ余にドヤ顔するといい……！　さあ！　お前のしたり顔を見せてみろ！　受け止めてやる！」

「それはどうでもいいのでアダマンタイトください」

「なんだと!?　先輩にドヤ顔できるとか、とても栄誉あるマウントだぞ!?　殊勝《しゅしょう》か!?」

栄誉あるマウントってなんだよ……！

「しかしあれだな！　いささか魔法使いらしくないやりかただったな！」

「そ、そうですか？」

「そうするべきだとは思わんが、魔法使いなら魔法を使ってどうにかすると思ったぞ。そう考えれば、魔法使いとしての力は全然足りていないな！」

たしかに魔法とか一切使っていなかったな。工具だけだった。

「そういえば、俺は生活補助用の魔法を少し使える程度ですね。今までそれで十分だったので……」

過去に上級魔法の魔法書を買ったが使えず、それからはあまり積極的に魔法を覚えようとはしてこなかった。

ひたすら隊の命令でポーションを作っていただけだ。そのせいか、俺の覚えている魔法はそれほど多くはないのだった。

「なら余の勝ちだな！　余のほうがたぶん魔法をたくさん覚えているし強い！」

スキアさんはドヤ顔だけど、いつの間に勝負になってたんだ。

「ちなみにスキアさんの正解は何なんですか？」

……俺はどうにか時間をかけてゴーレムを外に出すことができたが、スキアさんも毎回いちいち分解しているのだろうか？

「余はいつも魔法で外に出してる」

「へえ……？　でもどうやってです？」

「うむ、それはだな……」

スキアさんが答えようとしたとき、

「ニァッ！」

いきなりニアが俺の顔に飛びついてきた。こいつは猫みたいな見た目をしているが、角が生えていたり、その角に強い魔力があったりと、不思議な生物である。

「うおっ⁉」

反応してのけぞり、尻餅《しりもち》をつく。

「ニア！　いきなり何を――」

ついに食われるのかと思ったが、違った。

俺のいた位置に、渦《うず》を巻いた炎の魔法が放たれて通り過ぎたのだった。

「なんだ……!? 魔法による攻撃!?」

「ロッドくん、大丈夫!?」

サフィさんも魔法で《障壁《シールド》》を張ってくれる。

「平気です……ニア、ありがとう、助けてくれたのか」

「ニァー……」

のけぞっていなかったら、今頃俺は炎に焼かれて火傷《やけど》を負っていたところだ。

「くそっ、外した！」

「あの猫、余計な真似を！ ……いや、猫か!?」

家の陰から、柄《がら》の悪い男が二人、顔を出した。

「陰で見させてもらった！ グレントをやったのはお前らだな！」

「今ならあのクソ強そうな鬼人《オーガ》はいねえ。弱そうなひょろっちい男と女だけだ！ 報復だ！」

先ほどアララドさんと捕まえたグレント魔法盗賊団の一味か？

口ぶりから、俺と辺境伯の用心棒の鬼人――アララドさんがグレントたちと戦っているのを、参戦できずに遠くから見ていたらしいけど。

「グレントを捕まえたのは俺だけど……見捨てずに仕返しに来るなんて、グレントってけっこう人望あるのか？」

俺がつぶやくと、男二人は泣きながら猛《もう》反発した。

「あいつはいいやつなんだよ！　メシ奢《おご》ってくれるしよ！」

「どうしようもねえ俺たちの面倒を見てくれた……いつだって俺たちのリーダーだったのに！」

でもアラドさんが怖くて助けに入れなかったのか。

「それにしたって体張ってグレントを守りに行かなかったあたり、チンピラの絆《きずな》って感じだな」

「うるせえ！　しょうがねえだろ！」

なんかかわいそうになってきたけど、こいつらも人さらいの悪事に加担していたんだろうし、やっぱり捕まえるしかないな。

「せめてお前らをぶっ殺す！」

男二人は、魔法石を構えた。

俺も下級魔法の魔法陣を展開して構える。

魔法合戦が始まろうとしていたとき――

「残念だがそれはできん！！！」

なぜか上の方からスキアさんの声がした。

「え？」

見ると、スキアさんは、いつの間にか工房の屋根の上にのぼっていた。

「なぜなら余が帰ってきたからだ！」

仁王立《におうだ》ちして大声で俺たちに叫んでいる。

「スキアさん危ないですよ！　下りてきてください！　落ちたら体を痛めますよ！」

「知っとるわ！　お母さんかお前！」

男の一人が魔法陣をスキアさんに向けて展開する。

「あいつが一番馬鹿そうだからあいつからやるか！」

「やれるもんならやってみるがいい！」

スキアさんは工房から勢いよく跳んだ。

「我が眷属《けんぞく》――試作ゴーレム、アトラス！　ゆけぃ！」

軽《かろ》やかに着地したスキアさんが横たわるゴーレムの魔法石に魔力を込めると、ゴーレムはすぐに立ち上がった。

たしかに工房の天井を破壊するには十分なほど勢いがある。

「びびらせやがって！　下級土魔法の《クレイドール》みてえなもんじゃねえか！」

「まずあれからぶっ壊しちまうか!?」

土人形を作り出す下級魔法と同じだと息巻く男たちだったが――そのとき、一瞬で地面がえぐれ返った。

それが試作ゴーレム、アトラスが間合いを詰めるための踏み込みによるものだと気づいたときには、男二人はゴーレムの振るう腕部の直撃を食らっていた。

上空に打ち上げられる男たち。

アトラスのボディーからは、高速移動と殴《なぐ》った際の衝撃でコーティングされていた粘土のほとんどが剥《は》がれ落ちていく。

金属をむき出しにしながら、アトラスは男たちの方に顔を向ける。

コォォォォッ……！

アトラスの口から、凄《すさ》まじい魔力の魔法陣が形成されていくのが見て取れた。

「無属性魔法《エーテリックストライク》――てぇぇえい！」

「ひぃぃぃぃっ!?」

「ぜんぜんクレイドールじゃねぇぇ!?」

ゴォッ！

人間なら瞬時に蒸発させられるほどの魔法エネルギーが放たれたと同時、衝撃が音となって耳を突き抜ける。

無属性魔法《エーテリックストライク》は、男たちの尻と頭をかすめて上空の雲を吹き飛ばしたのち、消えていった。男たちは恐怖で失神した。

「なんだ……これ!?」

こんなとんでもない兵器が工房の中にあったの？

いや、それよりも、スキアさんがわざわざ工房の屋根にのぼった意味はなんだろう。

細かい事が気になってしまう。なぜわざわざ上って跳んだんだ……

「ふん、他愛《たあい》ないな！」

スキアさんは八重歯を見せて笑う。

俺は頭と尻を焦《こ》がしながら気を失っている男たちを縛《しば》り上げ、魔法石を取り上げる。

この人たちは、またアララドさんに任せよう。

「相変わらず派手だなあ」

サフィさんは少し呆れている。

「スキアさん、ちなみに工房の屋根にのぼった意味は？」

「そのほうが目立つからだ！」

めだ……あ、そうですか。

‡

サフィさんの工房で、俺は鈍色《にびいろ》に光る鉱石を見つめる。スキアさんからもらったアダマンタイトである。

「きれいな石ですね！」

工房に遊びに来たメリアが、隣で目を輝かせた。

「そうだねえ」

アダマント鉱石とも言われる加工前の原石だ。

短くて太い水晶のような結晶の形でありながら暗い色の金属質。磨《みが》いてもいないのに光の具合で俺の顔が反射して見える。

手のひらに載るほどしかないが、魔法石の台座などにするには十分な量。純度も高そうだ。

初めての希少金属に、俺はほっこりする。これは、使わず大事に飾っておいてもいいかもしれない。

「精錬前の原石のほうがきれいだろう！　標本として収集している者もたくさんいる美しさで、実用品としてもコレクターアイテムとしても優秀な一品！　余も観賞用として一部取っておくつもりだ！」

スキアさんは自慢げだった。

「スキア、ぼくにはおみやげないの？」

「もちろんあるぞ！　ドワーフ謹製《きんせい》のドワーフみたいな白いつけ髭《ひげ》」

「ありがとー！　うれしい！」

モジャモジャしている髭をもらってサフィさんはご満悦《まんえつ》だった。

「メリアにも」

「ありがとうございます、スキアさん！」

ていうか何その工芸品。ドワーフの町そんなおみやげ売ってるの？　髭売ってるの？

しかもけっこうリアルに作られているモジャモジャのつけ髭だった。どう考えてもドワーフの技術力の無駄遣いである。

「ちなみに買ってきたアダマンタイトは何に使うんですか？　新しいゴーレムの材料に？」

「いい質問だな後輩。今回、アダマンタイトはゴーレムに使えるほどの量を確保できたわけじゃないのだ。高すぎて予算オーバーだった」

「そうだったんですか」

「だから、これでなんか新しい魔法道具を作るのだ！」

ガターンと興奮したスキアさんが勢い余って立ち上がる。この人、盛り上がると椅子から立ち上がるらしい。

「ゴーレムのパーツに活用するんですか？」

「いや、別の魔法道具の材料として活用する。ゴーレムとは本来、半永久的に動く土人形だ。金属製というわけではない」

「そうなんですか」

「次にゴーレムを作るときは、製法を解明して、粘土製の完全なるゴーレムを作りたい！」

「いいですね」

「いずれ人が乗れるような巨大ゴーレムも作りたい」

「それはめちゃくちゃいいですね！」

ガターンと椅子を揺《ゆ》らしながら俺は立ち上がった。くつろいでいたメリアとサフィさんがびくりとなる。

「わかってくれるか後輩！」

「最強じゃないですか！」

「テンション上がるよな！」

でかいだけでなく人が乗れるゴーレムとか、ワクワクせざるを得ない。そんなことを考える人がいたなんて。

「ところで後輩、その白い毛玉はなんなのだ？」

スキアさんはニアを指して首を傾げた。ニアは、俺の陰に隠れてスキアさんを警戒している。

「猫です」

「猫じゃあないだろ！」

「猫的な何かです」

「その白い毛玉、余はどこかで見た気がするぞ」

「そうなんですか？　どこで？」

「……思い出せん」

やはり、『異邦《いほう》』あたりのモンスターなのだろうか。成長して巨大モンスターみたいになったらどうしよう。

ちなみに異邦とは、恐ろしいモンスターがはびこる危険な山岳地帯だ。

亜人《あじん》が多く住んでおり、異邦出身の彼らは『異邦の民』と呼ばれる。

フーリアンの亜人はだいたい異邦の民らしい。

「うーん、お前、もっとよく見せろ。思い出すかもしれん」

スキアさんがニアに言ったが、当のニアは俺の後ろに隠れたままだ。けっこう人見知りするからな、ニアは。

「あ、見たことがあるって、これでは？」

俺はおみやげの白髭を指さして言った。

「それかもしれん。いや、そんな最近のことだったらまだ覚えてるだろ」

それもそうか。

――話していると、いきなりバァンと工房の扉が開いた。

「邪魔するぜ！」

入ってきたのはアララドさんだった。そしてスキアさんに気づく。

「おお、なんだ、帰っていたのかスキア」

「久しぶりだなアララド！　お前にもこの白いつけ髭をやろう！」

人数分買ってきてたんだ。

「いや、なんだこれ。なんの役に立つんだ？」

アララドさん！　俺と同じ気持ちの人がいてよかった！

「せっかくだからもらっておくが……いや、それよりも」

「どうしたんですか？」

「突然ですまん。すまんが、お前らしか頼りにできねえ事態なんだ。力を貸してほしい」

アララドさんはいつになく深刻そうだ。よほど火急の用件で焦《あせ》っているのか、少し汗ばんで、表情も穏やかではない。

この人ほどの達人がうろたえる事態……？

なんだろう、とにかくのっぴきならないことなのは間違いなさそうだ。

「話すと長いんだが……」

「由々《ゆゆ》しい事態なんですか？　俺たちにできることであれば、もちろん手伝いますよ」

「ありがてえ。じゃあ取り急ぎ――」

「はい」

「――オレにパンツを分けてくれ」

由々しくねえ！

何言ってんだこのおっさん。

なんか巷《ちまた》では下着泥棒《どろぼう》が出没しているらしく、その泥棒の退治依頼がアララドさんのほうに来てしまったらしい。

「はあ、下着泥棒ですか」

アララドさん、なんでもかんでも仕事回されるな。モンスター退治じゃないものも頼まれるんだ。

「主に十代から二十代くらいの若い女の下着を狙った泥棒だ」

「はあ」

しょうもな。

「で、盗まれても別段問題のない下着を囮《おとり》にして泥棒をおびき出そうと思ったんだが――」

アララドさんが臆面《おくめん》もなく言ったら、サフィさんとスキアさんにスパーンと頭をひっぱたかれた。

この二人のパンツくれよって意味で押しかけてきたのか。そりゃあ怒られるよ。

「どこまでアホなの？」

普段温厚なサフィさんも、これにはプンプンだった。デリカシー皆無《かいむ》で、俺もフォローのしようがない。

「だってしょうがねえだろ、頼れるのがお前らしかいなかったんだから！」

「いや、そのへんの服屋で新しいのを買ってくればいいじゃん」

「やったさ」

やったんだ。

「しかし新品だと反応しなかったんだ。別の家の下着が盗まれてた」

クソしょうもな。

「いや、待てよ……」

俺は顎《あご》に手を当てて考える。

最近出没し始めた下着泥棒……

最近帰ってきた工房の先輩……

偶然というにはタイミングが合いすぎている。

「……まさか」

スキアさん？

「んなわけあるか！」

「すべての状況が物語ってます」

「偶然に決まってるだろ！」

……さすがに違った。被害は、スキアさんが帰ってくる前からあったらしい。

「厄介《やっかい》なのは、オレにこの依頼が回ってきたことだな」

とアラドさんは言った。

「どういうことです？」

「オレに来る厄介事は、基本的に自警団や辺境伯軍が太刀《たち》打ちできないことってのが多いからよ。もしかしたら今回もそのパターンなんじゃねえかって心配なんだよ」

面倒くさい難題が毎回アラドさんのほうに回ってくるわけか。

「下着泥棒なのに？」

「そういうことだ。大規模な犯罪組織がからんでいる可能性がある」

平和だな、辺境伯領。

「頭脳戦は苦手だからよ……なんかいいおびき出し方を考えてくれねえか？」

「わたしの下着を提供しましょうか！」

メリアが提案したが、

「「だめです！」」

俺たちは猛反対した。

そのとき——

「誰か来て！　またあの下着泥棒が出たわ！」

外から女性の悲鳴が聞こえた。

「！」

「こんな白昼堂々!?」

しかも『また』ってことは、もう住民に認知されてる……

メリアに工房から出ないように言って、俺たちは急いで外に出て、悲鳴の聞こえた方向に向かう。

俺たちが現場に向かうと、そこには燕尾服《えんびふく》を着た痩《や》せた中年の男が――パンツに乗って空を飛んでいた。

幻だと思って二度見した。

でも、男がパンツに乗って空を飛んでいた。

「もう、帰っていいかな……？」

俺は膝をついた。

どうやってパンツに乗って空を飛んでいるのかもわからないし、そもそもそうする必要があるのかわからないし……

そりゃ住民も覚えるよ。一回で覚えるよ、こんなの出たら。

けど、おびき出すまでもなく現れてくれたのはラッキーだったかもしれない。

ターゲットは……数軒先の家に干してある洗濯物に違いない。

まだ犯行に及ぶ前に捕まえられる。

「ロッド！　魔法届くか⁉」

「やってみます」

アラドさんに言われ、俺は無詠唱で《火《ファイア》》を発動。燕尾服を着た変態男へ向けて飛ばした。

「⁉」

炎の魔法は変態の手前で大きく曲がり、明後日の方向へ飛んでいく。

「なんだ⁉」

「魔法が曲がった——いや、曲げられた⁉」

初めて見る挙動だ。魔法が途中でコントロールできなくなった。

俺の魔法を途中で操ったのか？

「ぼくがやるよ！」

サフィさんは光で縛《しば》りつける拘束《こうそく》の魔法《レーザーバインド》を発動。

しかしそれも、途中で曲がっていってしまう。

「ちっ！」

今度は《障壁》の魔法を変態の周囲に展開して、閉じ込めて抑え込もうとする。

が、囲い込んだ瞬間、《障壁》が歪《ゆが》んで砕《くだ》け散る。

「嘘でしょ……⁉」

「サフィさんの魔法でも無理なのか⁉　なんなんだあいつ⁉」

ちょっと待て。変態のくせに強くないか……!?

気のせいだと思いたい。

「余の出番だな！！！」

スキアさんは、いつの間にか工房の屋根にのぼっていた。仁王立ちし、大声を上げている。位置的には、パンツに乗って空中浮遊する変態に一番近い。

「――ふむ」

変態は鼻の下に蓄えた髭を触りながらスキアさんを見た。

ダンディな、無駄にいい声だった。

「いでよ！　我がゴーレム！」

スキアさんは魔法陣を展開。《転移魔法》で、工房の中にあるゴーレムを呼び寄せた。

「《転移魔法》!?　詠唱なしで!?」

ゴーレムは魔法で移動させていると以前言っていたが……《転移魔法》を使っていたのか。

いや、詠唱なしで《転移魔法》を使えるなんて、スキアさんも人間じゃないのだろうか。

何者だ？

「なるほど、君たちは吾輩《わがはい》を止めに来たのだな？」

変態はとてもいい声で言ってから、胸に入れていた銀の懐中時計を手にし――

「しかし無駄である」

「！」

取り出した銀の懐中時計の蓋《ふた》。そこについていた石が、輝かしい光を放った。

――魔法石だ。

思ったときには、上から何かがのしかかってきた。

「！」

違う！

何も、のしかかってはいない。自分の体重が、何倍にも重くなったようだ。動けなくなるほどに、上から圧力がかかっているような感じだった。

「なんだ、これ⁉　重っ！」

サフィさんが《障壁》を張るが……無意味だった。

「ぬおおお⁉」

「余が動けんだと⁉」

アララドさんとスキアさんも同じである。立っていられない。押しつぶされそうな力で地面に押さえつけられる。

「吾輩の名はヴェンヘル・イオニアス・フォン・シャルンホルスト。以後、お見知りおきを」

空に浮いたままの変態は名乗り、うやうやしく頭を下げた。

「なっ、なんか偉そうな名前だ！」

「そう、吾輩は男爵《だんしゃく》だった。吾輩は吾輩の性癖《せいへき》のために、隣国である帝国の貴族家を追放されてしまった」

「元貴族!?」

「そして様々な国々をめぐり――この辺境伯領へたどり着いた」

「変態が最後にたどり着く居場所みたいになってる!」

俺が言うと、サフィさんは目からうろこが落ちたような顔でこちらを見た。

「ロッドくんも追放されてこの辺境伯領へたどり着いた……」

「つまり俺は変態! じゃないですよ! 異次元のつじつま合わせやめて!」

変態はうなずいた。

「認めよう。君たちはなかなかやる。だが、吾輩ほどではない」

動けなくなっている俺たちを後目《しりめ》に、変態は空を飛びながらターゲットの家のほうへ。

「てめえ、待ちやがれ!」

アラララドさんが根性で進み、あとを追う。

……が、重みがあるせいで非常に動きが遅い。

変態はターゲットの家へ降り立つと、堂々と下着をつかんで再び空をパンツで飛んで逃走した。

それから、動けるようになった俺たちは被害状況を確認して工房に帰ってきた。

俺は拳を握った。

「くそっ、なんで変態があんなに強いんだ! おかしいだろ辺境伯領!」

「辺境伯領のせいにしないでくれる、ロッドくん?」

こちらに来てから今まで、少しは強くなり成長したと思っていたが、思い上がりだった。

変態の一人にもなすすべがないなんて、俺はいったい今まで何をしていたんだ。

アララドさんは腕を組んで眉間《みけん》にしわを寄せる。

「あれに勝てるか？」

「勝てなくはないかもしれないけど、フーリァンの真《ま》っ只中《ただなか》でぼくらが本気を出すわけにはいかないよ。被害が広がりすぎる」

「そもそも魔法が効かないんじゃどうしようもねえよな」

「そう、そこが問題……今まで現れた中で、間違いなく最強の敵だね」

サフィさんさえ匙《さじ》を投げるならもう捕まえるのは無理では？

いや、だめだ。心が負けてしまうと、もうどうやっても勝てなくなる。何より、変態なんかに負けたくはない。

「余は生理的にちょっとだめだ」

スキアさんは青ざめた表情で肩をすくめた。それはここにいる誰もが思っていることだろう。

「ちょっとどんな姿かだけでも見てみたかったです……」

メリアが残念そうに言った。

「あんなの見ても何も成長できないよ、メリア」

さすがにあれは彼女には見せられない。教育に悪いどころじゃない。クリムレット卿《きょう》に怒られてしまう。

「……ロッド、どうにかならんか？」

アラニドさんが俺を見た。

「ロッドくん」

「後輩！」

サフィさんも、スキアさんも、同じように俺を見る。

「……いや、俺が考えるの⁉」

もちろん俺もなんとかしたいとは思うけど……

「そ、そうですね、えーと」

知恵を絞《しぼ》る前に、まず状況を整理しよう。

魔法は当たる前に曲げられてしまい当たらない。重みで押さえつけられ、行動もままならない。

しかも変態自身は空を飛んでいる。

仕掛けは——銀の懐中時計についている魔法石だ。それは間違いなさそうだが、どんな魔法かは見当がつかない。わかるのは、あの魔法石が規格外に強力だということだ。

今まで遭《あ》った異邦のモンスターより確実に強い。魔法使いにとっても、剣士にとっても相性の悪い強敵だ。タネや仕掛けがわかったところで、正面から対抗できるとは思えない。

勝てる見込みはあるか？

「……作戦がいりますね」

アラニドさんの言葉と今日の出来事に鑑《かんが》みるに——やれる手は、あるはずだ。

集中して考える。あの規格外の変態を捕まえる、なんらかの方法。正面切って戦うだけでは勝てない。有効なのは搦《から》め手《て》だ。

「では、一つ、アイデアとして――」

と前置きをしながら、俺は打倒策を提案した。

‡

数日後――

俺たちは考えた策に従って準備をし、そして待ち伏せた。サフィさんとスキアさんは工房の中で待ち、俺とアララドさんが外で見張る。

今回はニアも一緒である。

「本当に来るのかロッド。やつに囮は効かん。ということは敵を見分ける目も持ってるんじゃないのか？」

「それは、来るまで毎日見張るので大丈夫です」

地道だが、見張りをしなければならないので仕方がない。

太陽が傾いてきた昼下がり。

「きゃあああっ」

急に、空を悲鳴がつんざいた。やはり来たか。

空を見ると、パンツに乗って空を飛んでいる燕尾服の意味不明な男が姿を現した。

ヴェンヘル・イオニアス・フォン・シャルンホルスト。

……いや、長いから変態でいいや。

「野郎、来たか！」

「行きますよ、アララドさん！」

俺たちは走って変態の下までやってくる。

走りながら詠唱を始める。はじめから全力でいこう。

「《ブラスト・エクスプロージョン》！」

掲《かか》げた手から巨大な魔法陣を展開して放つ。一度は投げた上級魔法書から得た、俺の使える最大火力の魔法だ。

――が、前と同じように魔法が曲がり、変態には着弾しない。

変態のさらに上空に行ってから、ようやく《ブラスト・エクスプロージョン》は大爆発を起こした。

直撃はしなかったが――熱と爆風は届く！

「――ふむ」

しかし爆風さえ、変態を避けて通っている。無傷だ。

胸元の懐中時計が光っている。やはりすべての仕掛けは懐中時計についている魔法石か。

「どらあああっ！」

爆風に紛《まぎ》れて、アララドさんが家の屋根を蹴って跳躍《ちょうやく》する。変態の背後。片手で振り回すような大太刀の一閃《いっせん》が変態を捉える。

しかし大太刀もアララドさん自身も途中で軌道《きどう》が曲がって、アララドさんは空振りする形で地面まで落ちた。

空中でアララドさんほどの巨体が進行方向を曲げられる……やはりあれは、ただの魔法じゃない。

「ちいっ、死角からでもだめか！」

すぐにアララドさんは体勢を立て直す。

「君たちは、この間も見たな」

変態は俺たちに視線を向け、言った。

「なかなかやるな。今のコンビネーションは、吾輩も少し焦った」

少しだけけか。せっかく打ち合わせをしてまで仕掛けたのに。

「――そして、その生物」

変態が、しっぽを立てて威嚇《いかく》するニアに気づいた。

「いい毛並みのモンスターだな。よし、それで女児のパンツを作ろう」

「やめろおお！　ニアを女児パンツの素材にしないでくれ！」

不穏な気配を感じたニアが俺の足元に隠れる。

変態は、こらえきれず笑った。

「ふふっ、長らく強者に出会っていなくて退屈していたところだ」

「ニアッ」

ニアが察知して鳴き、飛びのくのと同時、俺とアララドさんも後退する。

胸元の懐中時計についている魔法石が、ひときわ大きく光った。

「認めよう。君たちこそが好敵手だと」

「――！」

またあの重みが身体を襲う。ニアは無事だったが、俺とアララドさんが避けたところにも魔法がおよんでいた。ニアの察知力なら避けられると思ったが、それでも避けきれない！

「我が《重力《グラビティ》》の魔法石に相応しき敵だ」

「そ、そんな魔法聞いたことないぞ……！」

「ものが地面に落ちるときにかかるのが重力。我々を大地に押しつけ続けているのも重力。夜中に時折見られる流れ星も重力。そして、その重力を操れば、光や空間さえ曲げることができるのだという。理論自体は古代の文献にも記述されている世界の法則である。この魔法石は、その法則を捻《ね》じ曲げることができるのだ」

「なんで、そんな力を……！」

「そろそろティータイムの時間だ。失礼する」

変態は浮遊しながら、俺たちに背を向ける。

「では、また会おう好敵手よ。次はさらによき手を期待している」

「待て！」

そして変態は、近くにあったターゲットになっているらしい家に着地し、

「ふむ」

干してあった黒い下着《ドロワーズ》に手をかけた。

――瞬間。

「うほおおおおおッ！」

凄まじい電撃が変態を襲った。

‡

少し前の出来事である。

俺たちはスギル伯領にいる少女怪盗オジサンことオズを呼び出し、サフィさんの工房に来てもらった。

「つ、つまりわたくしのパ、パン……下着を？」

事情を話すと、オズは顔を耳まで真っ赤にする。

「いくらロッド様といえど、その、とても恥ずかしいのですが……でもどうしてもと言うのなら、わたくしのをお使いくださ――」

「いや、いつもオズが使役している精霊のドロシーって服に擬態《ぎたい》できるんだよね？　だから下着に

なって変態をおびき寄せられないかなって」

「……………」

オズの精霊は彼女のドロワーズにも擬態することができるのである。

つまり囮兼トラップとして有効なのではないだろうか？

「ロッド様のエッチ！」

「ぐえっ、なんで⁉」

詳しく説明したらビンタされた。

‡

そんなこんなで精霊をあらかじめ下着に擬態させて、オズにほかの洗濯物と一緒に干してもらった。

触れれば電撃がバチン、だ。

俺たちの魔法が曲がっていたのは、変態が《重力》の魔法を使っていたからだ。魔法を使っていないときは、攻撃は有効だということである。

たとえば犯行に及ぶ瞬間、盗む対象に対して魔法を使うことなんてあるまい。絶対に手で触れなければならないだろう。つけ入る隙《すき》は、そこしかないと思っていた。

俺たちが変態のもとまでたどり着く。隠れていたオズにも出てきてもらった。

変態は黒焦げになって倒れている。アララドさんは、傍《かたわ》らに落ちていた魔法石つきの懐中時計を拾い上げた。

「本当、迷惑で不埒《ふらち》な男ですわね！　最低！」

オズは黒焦げの男に吐き捨てた。

「この嬢ちゃんが少女怪盗オジサンと同じ魔法を使えるのには驚いたが……しかし新品でおびき出せなかったのに精霊でおびき出せたのはなんでだ？」

そういえばアララドさんはオズの正体を知らないんだった。アララドさんに質問されて、俺は答えた。

「犯人は下着を干すところから品定めをしていたのではないかと思ったんです。だから、新品だからというよりも、アララドさんが自ら仕掛けた罠《わな》だから、引っかからなかった。いや、俺は下着泥棒ではないので、行動原理とかに関して確証はないですけど」

もし犯人が生活の様子まで観察していたのだとするなら、アララドさんが女の子のパンツを干しているのを見たら警戒するだろう。

だからこそ、今回はオズ本人に洗濯物を干してもらったのだ。

「なるほど……いきなり連れてこられて下着泥棒を捕まえるとか言われても、戸惑いしかなかったですが」

「無理させてごめんね、オズ」

「いえ、その、お役に立てたならよかったですわ……」

貴族や役人の不正を許さないのが少女怪盗オジサンのモットーなので、この変態は不埒な貴族ということでオズ向けではあった。

「あの電撃はやべえからな。マジで」

「そういや食らったことあるんですよね、アララドさん。たしかにあれはやばい」

俺もやられたときは手加減されたとはいえ、死ぬかと思ったからな。防御も貫通するし、ほぼ一撃必殺である。

「見事だ……」

黒焦げになって倒れている方向から、耳に心地よい低い声が聞こえてきた。

すげえ、まだ意識保ってる。死なない程度の電撃だったとはいえ、かなりのダメージを負っているはずなのだが。

「パンツ男爵、お前……」

アララドさんは驚きを隠せない。けど何そのあだ名。

「がはっ！」

変態はにわかに体を押さえると、口から血を吐き出した。

「大丈夫か!?　今手当を……」

俺が慌てて言うと、変態は否定する。

「いや、違う。電撃のダメージではない。これは、副作用である」

「副作用？」

魔法石を使った際の副作用ってことか？

「お前、まさか……」

「ああ、使うたびに、寿命が縮んでいる」

「！」

「吾輩の魔法《重力》は、強力すぎて人間には扱いきれない。使えば体にかかる負荷は計り知れず、ゆえにその命を縮めることになる」

「………」

スウゥウゥーーーっ。俺は深呼吸する。

寿命縮めて規格外の力を使ってまでしたことが下着泥棒ってお前……

世界征服しろよ、そこまで強いなら。なんでパンツ盗んでんだ。リスクとリターン合わなすぎだろ。

「お前みたいな馬鹿な男は初めて見たよ……」

俺は収納の魔法石からポーションを取り出して、変態に渡した。

「これは？」

「ポーションだ。飲んでくれ。縮んだ寿命は元に戻らないだろうけど、今日受けた傷くらいは回復できる」

「なんと……敵である私に施しを。恩に着る」

もっとひどい悪事に使わないというのは、まあ救いではある。

彼には生きて罪を償《つぐな》ってほしいものである。

「一つ聞いていいか、我が友よ……」

「それ俺のこと？」

「友よ、吾輩は、ちゃんと変態を全《まっと》うできたかな」

「ああ、あんたは変態だよ。とんでもないド変態だ」

「よかった……」

なにこれ。そもそも友じゃねえ。

「ま、まあ、あんたがいてくれて良かったとは思うよ。本当に」

悪意のあるほかのやつがこの魔法石を使ってたら、今頃大変なことになっていただろうしな。世界が。女の子のパンツに危機が生じただけで済んだのはある意味僥倖《ぎょうこう》だ。

いや、良くはないな。何が良くて何が悪いのか、よくわからなくなってきた。

「もういい？」

サフィさんたちも出てきて言う。

「あ、はい。どうぞ」

俺はあっさりと変態を引き渡した。

第二章　最上級を超えろ！

キノコと根菜でスープを作る。味付けはわずかな塩だけで、あとはキノコと野菜の出汁《だし》に任せる。

「…………」

味見で一口。うまい。具材の旨味が味を引き立てている。食べ物がおいしいのは、辺境伯領の良いところの一つだ。

「ロッドくん、お昼ごはんまだー？」

「余はおかわり百杯食うぞ！　さあメシを出せ後輩！」

サフィさんもスキアさんも空腹すぎてテーブルの上でぐでぐでになっている。

「今できましたよ。百杯おかわりできるほどないですが」

つくづく思うのだが、この人たち、俺と出会う前はどうやって生きていたんだろう。果物でもかじって飢《う》えをしのいでいたのだろうか。

「なんかぼくらのこと、かわいそうな目で見てない？」

「気のせいじゃないですかね……？」

察知されそうなので俺は顔をそらすことにする。

「やあ、サフィちゃんいるかい？　……おいしそうなにおいだね」

スープを鍋ごとテーブルに置くと、ノックとともに入ってきた人物がいた。

その人物を見て、俺は立ち上がって背筋を正す。腰につけた短剣が、ベルトの留め具とこすれて金属音が鳴った。すらっとしたシルエットが流れるように近づいてきて、できたスープを見下ろしながらご機嫌そうに髭をなでている。

クリムレット卿だった。

「あ、普段通りでいいよ、ロッドくん。おかまいなく。私も食べていっていいかい？」

俺は慌ててうなずいた。

「ク、クリムレット卿のお口に合うかどうかはわかりませんが！」

「そんなかしこまらなくてもいいよ」

と、クリムレット卿ではなくサフィさんが言った。いや、かしこまるわ。領主様だぞ。

それから俺たちはクリムレット卿を交えて、食事をすることになった。

「クリムレット、お前お昼の時間を見計らって来たな⁉　余のスープを取るんじゃない！」

スキアさんもこのうえなく不届きなことを言うが、クリムレット卿はニコニコである。

「ばれた？　前々からロッドくんの料理の手並みが気になっていてね。いや、おいしいよ。ロッドくん、うちの厨房《ちゅうぼう》に来る？」

「うちの魔法薬術師を料理人としてスカウトしないでくれる？」

いつもこんなノリなのか。緊張しているのは俺だけである。

二人とも領主にため口なんですが……いや、俺も領主の娘にため口だからなんとも言えないけど。

「で、今日はどんな無茶振りをしに来たの？」

いきなりサフィさんが本題に入る。

「……二か月ほど先になるんだけど、大規模なイベントを開く予定でね」

クリムレット卿が変わらぬ笑顔で答えた。

「それ関連か！」

スキアさんが反応する。

「『マジッククラフト・マーケット』――というのを聞いたことがあるかい？　王国内で毎年開催されているんだけど」

「マジッククラフト・マーケット……話だけは」

ファムサン王国所領内で毎年場所を変え、定期的に開催しているイベントだ。魔法使いがオリジナルの魔法道具を作って、そのイベントで発表したり売り込んだりするのだ。

一般の人もお金を出せば買うことができる。ときには売り手に対して、金持ちがスポンサーになってくれることだってあるのだとか。

かなり大規模なイベントで、参加者は売る側買う側ともに相当な数に上る。……俺は一度も行ったことはなかったが。

「ようは魔法道具の大規模な販売会だね。今年はうちが主催なんだけど」

「そうなんですか」

しかし良いのだろうか。

王都と辺境がオークに襲われた事件はまだ記憶に新しい。俺個人はあの出来事によって得たものもあったが、王都はまだ復興しているとは言えない。

この国にそんなことをしている余裕はあるのか？

「無知ですみませんが、この状況で開催できるんですか？」

「王都が襲撃される前から計画していたことだからね。今さら、中止なんてできない。マジッククラフト・マーケットは伝統的なイベントだ。王国外からも参加客が大勢やってくる。利益のためだ」

「王都はまだオーク襲撃から立ち直っていない……だからこそ」

「そう、だからこそ、金の力が必要だ」

出店は、個人での参加のほかに、領主や領主お抱えの貴族や魔法工房からも参加がある。公式ブースというやつだ。

売り手は、個人での参加であれば主催者に出店料を支払う。

出店料以外に売り手からお金はもらわないが、他国からの参加者も多いので、観光分野の刺激にもなる。

このイベント絡みで出た利益を王都復興に回す計画らしい。

「うちの臣下たちも多数出店する予定なんだ。そこで何か目玉がほしくてね」

「目玉、ですか」

「そう」

クリムレット卿はうなずいた。

「サフィちゃんたちには、裏方として何か人目を引くような出し物を考えてほしいんだ」

サフィさんもスキアさんもげんなりした顔になる。あからさまに面倒そうだ。

「『エルフ焼き』とかそういう、エルフ族がパンケーキみたいなの焼くとかじゃだめですか」

「それはそれで面白そうだけどねぇ。サフィール魔法工房ならではのものがいいね」

となると、ポーション関連だろうか。

「そこで提案だが、普段納品してもらっているポーションの改良版を作るというのはどうだろう？」

「いや、むちゃだよ。ぼくたち毎回一番いい品質のものを作ってるんだよ？」

俺たちが納品しているのは、品質を測定する鑑定器でいつも最上級の判定が出ているものだ。最上級品質は、最高評価ゆえにそれ以上いいものは作れない。

だというのに……それを改良しろとクリムレット卿は言った。

「最上級品質をさらに改良したポーション——その試飲なんて、けっこうな目玉になると思わないか？　なんかいい感じのやつ頼むよ」

「ざっくりしてるなぁ……」

軽い口調でとんでもないハードルを設定したクリムレット卿は、爽《さわ》やかな笑顔のまま、

「ごちそうさま。おいしかったよ。大満足だ。じゃ、よろしく」

満足して帰っていった。

「よろしくじゃないんだよなあ」

サフィさんは閉口。

「余はポーションの専門家じゃないからこの件はパスだ。エルフ焼きのレシピでも考えていたほうがマシだな」

スキアさんは早々に匙を投げた。

実際、何をどうすればいいのか俺もわかりかねていた。現状の最上級品質を出すだけでは不十分なのだろうか。そして、最上級の品質を超えるものなど、作れるのだろうか。

それこそ俺が子どものころに思い描いた、あらゆる病気や怪我を治し、体を強靭《きょうじん》に保つ『万能薬』が開発できればいいのだが……二か月で俺の夢物語が実現できたら苦労しない。

どうにも、解決の糸口が見えない。

「お困りのようだね」

「うわあ！　びっくりした！」

頭をひねっていたら、いきなりここにはいないはずの人物の声が聞こえてきて、俺はとび上がる。

サフィさんの兄でエルフの長《おさ》、ウェルトランさんがいつの間にか背後に立っていたのだった。

「私はエルフ族のウェルトラン・ガルニック・ウィンザルド・ユグドラシル。普段はそのへんをフラフラ遊び歩いている。フラフラ遊び歩くためなら知り合いの建物へも不法侵入する構えだ」

その自己紹介、毎回するつもりか？

「また来たのか」

サフィさんは身構える。

「事情は聞かせてもらったよ。お困りのようだからね。少しアドバイスをしてあげようと思って」

「アドバイス、ですか？」

いつの間に話を聞いていたんだ。神出鬼没《しんしゅつきぼつ》すぎるぞ、この人。

「何ゆえクリムレット卿は現状の品質のものでなく、改良版を作れと命じたのかよく考えるんだよ」

「ただの気まぐれじゃないのか？」

スキアさんが答えたけど、クリムレット卿はそんな思いつきで俺たちに無茶な指示を出すような人物ではない。少なくとも俺はそう思う。

「もしかして、今のポーションにはまだ改良の余地があるとクリムレット卿は考えているからですか……？」

考えながら言うと、

「おしいね」

ウェルトランさんは答えた。

「一言で言うと、物足りないんだよ」

「……は？」

頬杖《ほおづえ》をついて気を抜いていたサフィさんは、一転ウェルトランさんを睨《にら》みつけた。

「聞こえなかったかい？　今のままでは物足りないって言ったんだ。自分で使ってみて、そう思わないのかい？」

「…………」

サフィさんは無言で自分の作っていたポーションを飲み干す。

「何も問題はない」

「今のままが最高到達点。そんな考えじゃ、到底改良なんてできっこないよ。今からでもクリムレット卿に指示を取り消してもらうよう頼みに行くんだね」

ウェルトランさんはなおも挑発する。この人、もしかして俺たちを奮《ふる》い立たせるためにあえて挑発的なことを言っているのだろうか。

「……研究者舐《な》めるなよ、ゴミトラン」

サフィさんは飲み干した魔力回復ポーションのビンを勢いよくテーブルに置いて言った。

「ウェルトランだよ。つらいな、あだ名で呼ばれるのは」

誇り高い種族であるエルフは、略称やあだ名を嫌う。サフィさんは気にならないようだけど。

「絶対改良してやる」

「改良なんて絶対できっこない。賭《か》けてもいいね」

「へえ？」

「もし改良できたら、私は転売屋をやめてもいい」

ウェルトランさんは普段、安価で仕入れたものを貴族に高値で売りつけているらしい。

「個人的に今年のマジッククラフト・マーケットにも出店しようと思っているが、それもあきらめよう」

「悪質な転売はそもそもやめたほうがいいんじゃなかろうかと思いますが」

俺の言葉をスルーして、ウェルトランさんは続ける。

「しかしもしできなかったら、私に君たちのポーションを特別価格で卸《おろ》してもらうよ」

なんか本音が出てきた。ウェルトランさんの狙いはこれか。まだ俺たちのポーションを売ってもらうことをあきらめていなかったらしい。

完全に乗せられてるんだけど、

「もう撤回《てっかい》するなよ。お前の商売つぶしてやる」

「やってみせてくれ。できないだろうけど」

「やってみせます！」

俺はサフィさんの横で断言した。

もともとそんな賭けがなくても、俺の胸には火がついていた。

最上級のさらに上の品質。もしできる可能性があるのなら、黙ってはいられない。間違いなく、万能薬を作るという俺の夢への一歩になるはずだ。

俺は燃えたぎるような熱がわき上がってくるのを感じた。

‡

ウェルトランさんが去ったあと、俺たちは改良型ポーションを作るため——山登りをすることになった。

「いや、なんで山に⁉」

山の中を歩きながら、俺は言った。同じように歩いていたメリアが笑う。

「みんなでお出かけするの楽しいです！」

むしろ辺境伯のご令嬢がよくこの山登りについてきたなと思ったが、木登りして落ちて足の骨を折るほど彼女はワイルドだったことを思い出した。

「よい魔法薬を作るためにはよい材料と道具が必須だ。触媒《しょくばい》で使う魔法石をクソいいものにする」

ポーションを作るには触媒となる魔法石と、水、薬草類の調合、それに魔力が必要だ。

調合する薬草の種類によって、魔力が回復したり傷が治ったりする。

魔法の効果をもたらすものもあるので、ざっくり魔法薬とも呼ばれている。

触媒として使われる魔法石の質はピンキリで、質のいいものほど良い魔法薬になりやすい。

質は鑑定器があれば鑑定可能だ。

そして、魔法石のもとになっている魔石は、モンスターの身体の一部分。倒して採取するのが一般的だった。

「モンスターを倒しに行くということですか？」

「いや、そうじゃない。いい魔法石をもらいに行く」

「もらいに？」

「うん。知り合いに山籠《やまご》もりしてる仙人がいるんだけど、そいつが趣味で作ってる魔法石をもらう」

「えっと、仙人……趣味で……え？」

ああ仙人ねハイハイ、ってならないだろ。

何？　仙人って。

「会ってみればわかるけど、人間の魔法使いだよ」

「人間なんですか」

「そう――かつて『賢者《けんじゃ》』とか『稀代《きたい》の大魔法使い』と言われていた人間」

「そんな人が」

聞いたことないけど……辺境の英雄なのかな。

「まあ、ざっくり百年くらい前の話だから、近所のおじいちゃんおばあちゃんなら知ってる人は稀《まれ》にいるかもしれない。ロッドくんは知らないのも無理ないよ」

「そのころに有名だった大魔法使いですか」

そういやこの人、命の長さに定評があるエルフ族だった。

話題の時間軸がすごい長めだよな。

そうこうしているうちに山の頂上についた。

そこには木々に隠れるように、簡素な小屋と庭のようなところと焚《た》き火《び》跡があった。

「ついたよ」

意外に普通に生活してるのかな。

というか、百年前ですでに賢者と呼ばれていたんなら、実年齢はもっと高齢ということだよな。

よぼよぼのおじいさんとかだろうか。

「作戦はこうだ」

とサフィさんは収納の魔法石から酒ビンを取り出しながら言った。

「作戦いるんですか」

「やつを酒で酔《よ》いつぶしたところを盗みに入る」

「けっこうガチなやつじゃないですか！」

むしろ普通にそのお酒と交換でよくない？

「冗談だよ。普通に酒と引き換えに交渉する」

「それはよかった」

「だが、いざとなれば……ためらわないように」

何？

殺すの？

「――聞こえているぞサフィール」

突然、野太い男の声がした。

「！」

声のしたほうに目を向けると、そこにはアララドさんに負けないほど筋骨隆々《きんこつりゅうりゅう》なおじいさんがいた。

頭の白髪は長く、髭は伸ばし放題。

上半身裸で腰に布を巻いているだけなんだが、その体には無数の傷跡が刻まれている。

俺よりでかい長身に、ただ者じゃなさすぎるオーラ。

「人？　握りつぶせますよ」と、やすやすと言えるくらいのたくましい肉体を持つおじいさんだった。

しかも小屋を囲む木の枝の上に、直立していた。

「あれだよ」

サフィさんがおじいさんを指差して言った。

「う、うわあああああ！」

賢者……大魔法使い……よぼよぼ……あれ!?

そんな言葉からは何一つイメージできない姿なんですが！

ムキムキだし賢者というより武術の老師じゃん。

「――我に何用か」

おじいさんは静かに俺たちに問う。

サフィさんは臆《おく》さず答える。

「お酒やるから魔法石くれよ」

「笑止！」

おじいさんは家より高い位置の木の枝から飛び下りると、軽やかに地面に着地した。

「上がれ」

そして家のドアを開けてくれる。

「いい感じだよ、ロッドくん！」

「あの反応で!?」

笑止！　って言ってたじゃん。

「ツンデレなんだよ。老人だから頭固いんだ」

「すみませんが、もっと混乱するような情報を増やすのやめてください」

この人が魔法石を作っているという老師……いや、かつて賢者と呼ばれていた大魔法使い。

いや、家の中に入ってみればわかるよな。

俺たちはおじいさんに促されるまま、小屋の中へ入っていった。


家の中は意外にも魔法使いの工房のようだった。

棚《たな》には鑑定器や魔法書が並び、引き出しの中はおそらく魔法石でいっぱいだろう。しっかり整理されてきれいだ。

基本を忠実に守った、お手本のような工房だった。

それだけで、このおじいさんが魔法使い的にも只者《ただもの》ではないとわかった。

奇をてらって大魔法使いになった者はいない。

知と魔力の研鑽《けんさん》を続け、基本をひたすら極めて到達できる高みなのだ。

「彼はザイン・ジオール」

サフィさんはおじいさんを示して言った。

「かつて魔族との戦《いくさ》を生き抜いた、人間の中では世界一の魔法使いだ」

「！」

百年前、魔族と呼ばれる種族が、異邦からモンスターと一緒に辺境伯領に攻めてきたことがあった。その時代を生き抜いた魔法使い……それは今を生きる世代にとっては、伝説そのものだ。

「ふん、昔のことだ」

ザイン老師は腕を組み、関心がなさそうに答えた。

サフィさんはザイン老師の紹介を続ける。

「彼は、魔法力では人間の限界に達したので、こうして肉体の限界も目指してる」

「だからムキムキなの!?」

なんだろう、俺の知ってる人間と違うとかないよね？

一人称『我』だし。

「御託《ごたく》はいい」

ザイン老師は椅子にどっかと座った。

「我と交渉しに来たのであろう？」

「そういうこと。おみやげの酒と引き換えに、この家の中で一番いい魔法石をもらいたい。ポーションの触媒に使う」

ドガァン！

けたたましい音がしたと思ったら、テーブルが粉砕していた。

ザイン老師が拳を叩きつけたのだ。

「――舐めているのか？」

そらそうなるよな。最上級魔法の術式を刻みたい、とかならまだしも、用途がただのポーションって。

「本気だよ」

「よほど我と魔法合戦がしたいとみえるな」

「面白い。久しぶりにやってみるかい？」

「数十年前の決着をつけてもよいのだぞ」

空気がピリピリしてきたところでサフィさんは俺のほうに少し振り向いて、こくん。

微笑してうなずいた。

え？　なにそれ？

順調だよってこと？

殺し合いの火蓋《ひぶた》が切られそうなほどの空気のひりつきなんですが。

「今日は加えて、紹介しなきゃいけない人物がいる」

「そこの二人か」

「一人はぼくの弟子のロッドくん。もう一人は、ロウレンス・クリムレットの娘のメリアだ」

「ほう、あの小僧《こぞう》のな」

「メリア」

「はいっ。わたし、みんなでお食事がしたくて、お料理作ってきたんです！　食べませんか？」

サフィさんにうながされて、メリアは手に持っていたバスケットを出した。

メキャンッ！

何かと思ったら、ザイン老師が椅子のひざ置きを握りつぶした音だった。

「……………」

「バゲットサンド、作ってきたんです！」

「よかろう」

いいんだ！

「食事の前に製作を終わらせる」

ザイン老師は立ち上がって、工房のテーブルに置かれていた手のひら大くらいの魔石を持ち上げた。

「百年前、魔族との戦にて討ち取ったドラゴンから採れた魔石の塊《かたまり》――価格などつけられぬほどの一品だ。文句なかろう。二つあるから小さいほうをくれてやる」

くれるんだ。

寂《さび》しいからごはんを一緒に食べる相手がほしかったってこと？

ドラゴン自体、ほとんど見られない伝説のモンスターである。それから採れた魔石――それは本当に超がつくほどの貴重品で間違いはない。

そんなものをくれるなんて本当にいいのかと思ったが、それはそれとして、俺はワクワクしていた。

稀代の大魔法使いが行う魔石加工の現場がこの目で見られるのだから。


百年ほど前……辺境伯領に隣接する異邦の山々の向こうから、モンスターや魔族と呼ばれる化け物が攻めてきたことがあった。

異邦近くを拠点にしているエルフやドワーフなどの亜人たちは、人間の味方をして一緒に戦ってくれたものの、その扱いは仲間というより道具や兵器のようだったらしい。

《精神操作《マインドハック》》の魔法石を首輪としてつけられ、意識を奪《うば》ったうえで人間の都合のいいように働かされ、多くの異邦の民が犠牲になったという。

その際に活躍した英雄が、当時の辺境伯だった女傑《じょけつ》エレイン・クリムレット、エレインの右腕だった将軍ディミトリアス・アスカム、大魔法使いザイン・ジオール、その弟子だったマリオン・アルフレッドとジョアン・アルフレッド夫妻。

もっとも、《精神操作》を使ったせいで、化け物どもを押し返し争いが収まったあとも、異邦の民と人間との関係は現在の辺境伯ロウレンスが介入するまで、ずっと冷え切ったままだったらしい。

そんな伝説の中で生きるザイン老師が今からやろうとしているのは、魔石の成形作業だ。

魔力の通りをよくするために、魔石を削ったり磨いたりして整えるのだ。カットされた魔石は宝石と見間違うばかりに美しい形となる。

「はあああっ」

ザイン老師は気合とともに、手刀を魔石へ振り下ろして削り出す。

その瞬間、ドラゴンの魔石のものと思われる微細な粉塵《ふんじん》が老師の足元に落ちる。

いや、手で!? 手刀で石削ってる!

「筋肉で魔石を加工している……耐えろ俺の中の常識!」

「よく見るんだ、ロッドくん」

「え?」

「あれは、手に風魔法をまとわせて削ってる」

「あ……」

本当だ。魔力が手を包むようにしているのがわかった。

いや、でも「筋肉で削ってます」って言われても全然納得できるんだが。

しかも、傍目《はため》にもわかるほど練られた、ものすごい魔力を感じる。

巨大なモンスターさえ真っ二つにできるほどの上級魔法《エア・ブレード》。人間が、魔法石なしで扱えるような魔法じゃない。

老師の手にはよく見ると魔法陣が光っている。

上級魔法を自分の手のみに集中させて発動をコントロールしている。

とんでもない技術だ。

「魔法石も詠唱もなしで、あれほどの大魔法を人間が？　とんでもない魔力操作能力がないとできないですよ……！」

でもそれやりやすいの？

そんな疑問をよそに、やがて球形の魔法石が完成した。

「触媒用に加工した魔法石だ。くれてやる」

「でも、いいんですか？　百年前の、大事な品なのでは？」

「過去は過去だ。我にとっては、ただ通りすぎたものに過ぎん。大事なのは、今だ」

ザイン老師は魔法石をサフィさんに渡した。

「サンキュー。じゃ、食事にしようか。疲れたでしょ？」

軽っ。このレアアイテム、マジで酒と昼飯での交換でいいのか。

でもまあ、たしかに、山登ってきて疲れたな。お腹が減ってきた。

「そういえばそうですね……って痛っ」

ここまで来る途中で切ったのか、いつの間にか腕に血が滲《にじ》んでいた。

気が抜けたら痛みが目立ってきたらしい。

念のため、俺は持ってきていた自分のポーションを飲んでおく。

「――――！」

飲んでみて、思った。

たしかに、何か物足りないような気がする。

いや、言われないと気づかない程度だが。しかし、なんだ……？

傷も治るし体力も回復する。効果は十分だ。

だが、この疲れたときに飲み干したときの違和感……

俺たちが見落としていることの答えが、この違和感なんじゃないか？

「……あ」

そして、俺はその答えに思い至った。

「クリムレット卿が言いたかったことって……いや、まさか、そんなことは」

本当に改良すべきは、魔法石ではないのではないか。

もちろん、魔法石はもらっておいても損はないと思うけど……

「サフィさん、あの、ちょっといいですか？」

「ん？」

こうして、俺はサフィさんに自分の考えを伝えた。

‡

「完成したようだね」

力強い俺たちの表情を見て取ったのか、クリムレット卿は笑った。

いつの間にかウェルトランさんも来ており、今回もいつの間にか工房に侵入されていた。

「では、いただくよ」

クリムレット卿はポーションを手に取ると、一息に飲み干した。

「うんうん、いいじゃないか。これならイベントに出したらウケるよ」

どうやら納得のいくものを出せたみたいだ。

サフィさんは満足そう……ではなく、心底うんざりしたようにため息をついた。

「はぁ、そっか……こんなことで」

俺たちが行った改良――それはポーションに味をつけただけだった。柑橘《かんきつ》系の果物の果汁を調合の際に加えた。飲めば、爽やかな酸味《さんみ》と甘味が口いっぱいに広がる。

いや、もちろん老師からもらった魔法石を触媒に使ってはいるので、回復力は上がっている。しかし、大きな変化は味をつけたことだった。

イベントなどの華やかな場で出すには、俺たちのポーションはあまりに味気がなかった。機能に全振りしているせいで効果は申し分がないが、その分遊び心に欠けていた。

クリムレット卿もウェルトランさんも、改良版がほしいと言っていた。最初から、最上級のさらに上までは求めていなかったんだ。

だから、マジッククラフト・マーケットというお祭りイベントらしく楽しく飲めることに重点を置いて改良してみたのだ。

「いや、メシはメシで食べればよくない？　ポーションに機能性以外必要ある？」

とサフィさん。

「遊び心が必要なんだよね、やっぱりさ。でも悔しいな、サフィールじゃ絶対気づくのは無理だと思っていたのに」

ウェルトランさんは肩をすくめた。

最初から改良点を理解していたと見えて、そのことが気に入らなかった様子のサフィさんがウェルトランさんを思い切り睨みつける。

「スキアはたぶんこの改良には参加してないだろう？　いまもどこかぶらついているみたいだし」

クリムレット卿はスキアさんが工房にいないのを見て言った。

「だとしたら、この改良はロッドくんの考えかな？」

「最初のアイデアは俺ですね。でも、クリムレット卿も人が悪いですね」

「ほう？」

「お昼を狙って俺のスープを食べに来たのもヒントだったわけですよね。そこまで想定しているなら、どう改良してほしいか具体的に伝えればよかったのに」

「私の方針はそのように定めていたが、答えは一つじゃない。自由な発想で君たち自ら答えを出してほしかったんだよ」

「自由な発想ですか」

「魔法を使う者にはそれが必要だ。ザインと会ったなら感じただろう？」

「ええ、それは、たしかに」

老師ほど想定外な魔法使いはなかなかいないだろう。

クリムレット卿は満足そうにうなずいた。

「ではイベントの準備を頼むよ」

俺たちはイベントに向けて改良版を量産することになった。かなり仕事量が増えるが、騎士団大隊にいたときに比べると何も問題はないだろう。裏方で当日は参加しないというのも楽なものである。

機嫌よさそうなウェルトランさんは俺の前に進み出て、俺の手を取った。

「やはり君には秘めたる才能を感じるね。どうだい？　こんな工房なんかやめて私と一緒に転売屋をやらないか、ロッドくん」

「それは勘弁《かんべん》してください」

賭けに負けたわけだし、もう転売屋やめるんじゃないのか。

対照的に、サフィさんは不満げだ。

「これじゃ、最上級を超えたとは言えないよ」

「クリムレット卿は、最初から超えろなんて言ってないけどね」

ウェルトランさんの言い方に、サフィさんが舌打ちした。

「おいしくてすごくいいポーション——略してハイポーションと名付けよう」

「やめてくれええ！！」

いや、それは略称じゃないだろ。

‡

子どものころ、森の中で、俺は父親と母親を失った。モンスターから受けた傷が原因で、病にかかって急に命を落としたのだ。モンスターが徘徊《はいかい》する夜の森の中で、両親が死に、俺は突然一人になってしまった。

焚き火の薪《まき》もなくなりそうだった。何も見えない真《ま》っ暗闇《くらやみ》が訪れるのが嫌で、俺は意を決して薪を探しに行こうとした。

しかし、運悪くモンスターに遭遇《そうぐう》した。右腕の鋭い四本の爪《つめ》が炎が宿ったかのように赤熱した、巨大なモンスターだった。

幸いモンスターは俺に気づかなかった。恐怖に支配された俺は、両親の亡骸《なきがら》が転がっているキャンプに、なんの収穫もなくすぐさま戻る。

焚き火にあたりながら、俺は恐怖で震えるしかなかった。

「――――っ！」

俺は自宅のベットで跳ね起きた。子どものころの体験を悪夢として見ていたらしい。体中が汗ばんでいた。同時に、夢であることに安堵《あんど》した。

「ニアー」

隣にいたニアが心配そうに鳴いた。

「よかった、夢だった……」

息を整えながら、俺はすり寄ってきたニアをなでる。

スキアさんは、俺に魔法使いとしての力が足りないと言っていたけれど、あのとき俺に力があれば、何か変わったのだろうか。

両親がかかったのは不治の病だった。力を持っていても結果は変わらない。それでも、恐怖に支配されることはなかったのだろうか。

「うーん、わからん……」

だいたい、ポーション作るだけの魔法薬術師に強さは必要ない気がするしな……

「まあ、気を取り直して」

俺は伸びをして起き上がり、朝食を作って食べる。

今日は休日である。久々に、丸一日ゆっくりできる。

「身体も調子が戻ったし、家の掃除でもしよう」

最近倒れたり盗賊団とか変態と出会ったり、そういう騒ぎで落ち着けなかったからな。

先日、辺境が襲撃されたときの活躍が認められて、土地と家をもらった。中古だとしても自分の家を持つのは初めてである。自分だけの空間があるというのはいいものだ。

でもだからこそ、ちゃんと管理していかなければいけない。

「ニアは……モップにでもなるか？」

「ニア⁉」

「冗談だよ。ごめん。さすがにモップにはできないから、掃除が終わるまでは俺の頭にでものぼっていてくれ」

「ニァー」

「じゃ、いくぞ相棒！　さっさと掃除して、ここを薬術工房に改造するぞ！」

「ニァー！」

箒《ほうき》と雑巾を用意して、いざ始めようと思ったら、ドアがノックされた。

「あ、おにいさん、いますか？」

ドアを開けると、ダークエルフの女性が立っていた。

「シーシュちゃん！　いらっしゃい」

シーシュちゃんは異邦の娼館《しょうかん》にいた元娼婦で、今はフーリァンにある牧場へ出稼ぎに来ている。

相変わらずのんびりと生活しているようで、フーリァンの住み心地はとてもいいものだとこの前言っていた。

雇《やと》い主《ぬし》であるアルタット農場のおじさんおばさんにもよくしてもらっているらしい。

「お取り込み中だったらすみません。あの、お家ができたって聞いて、それで、お祝いを持ってきました」

シーシュちゃんは農場で採れたらしい野菜や鳥の卵、それにメープルの入った小瓶を持ってきてくれる。

「ありがとう！　まあ、この通りボロ屋だけど、よかったら上がってよ」

「はいっ」

シーシュちゃんは嬉しそうに家の中に入ってくる。そして背伸びをして、俺の頭の上にいたニアの頭をなでる。

「ニアちゃん、こんにちは」

最初は警戒していたニアも、今ではなでなでを許すくらいには仲良くなっていた。

「ごめんなさい、おにいさん。お掃除中でしたか？」

「いや、掃除なんてあとでやればいいから。紅茶淹《い》れるよ」

「よかったらお掃除お手伝いしますよ！」

「それは悪いよ」

「大丈夫です！」

……なら、お言葉に甘えようかな。二人なら、すぐに終わりそうだ。


掃除を一通り終わらせ、食器棚らしき棚に魔法書などの本を詰めていく。

薬術工房らしくなってきた。

けど、本格的な工房には程遠い。やっぱりちゃんとしたリフォームも必要か。

道具も揃《そろ》えたいし……まだまだやることは多いな。

「……これ、ずいぶん古い魔法書ですね。重い……」

シーシュちゃんは一冊の魔法書を手に取って言った。

「あ、うん。スギル伯領のトリニティ将軍からもらった魔法書なんだ」

オズに魔法を教えたときに、お礼にもらった魔法書だった。そういえば、ごたごたしていてページを開いてもいなかった。

シーシュちゃんが両手に抱えるその魔法書は、重く分厚く、とても古い。

動物の革に鋲《びょう》を打った装丁で、中は羊皮紙を重ねている。表紙には何も書かれていない。武骨な感じが魔法使いの著した書物らしくて、とても好感が持てる。

中身の羊皮紙と装丁は少し古さが違う。羊皮紙の束《たば》に、あとになって書物としての装丁を施した感じだ。

「せっかくだし少し読んでみるか……」

「いいですね！」

ボロボロのソファに座って、俺たちは魔法書の表紙を開く。

魔法書を開くときはいつもどきどきする。プレゼントの中身を開けるときみたいに、どんな内容なのか期待感が高まる。

題名などを記す最初のページ――トビラには、何やら難しい文字で本のタイトルが記されている。

魔法による《自動書記》の印刷ではない、手書きの文字だ。

「なんだこれ……読めん」

文字は、読めなかった。日常的には使わない文字だ。

「これ……古代の文字に似てるな」

だいぶ昔の魔法書らしい。現代では使われていない古代文字が使われている。

「人間が大昔に使っていた文字ですね？」

「うん。すごく難しい字だ」

身を寄せて、シーシュちゃんが開いたページを覗き見る。

肩が触れ合うけど、彼女は気づかない。

シーシュちゃんの銀髪はさらさらで、いい匂いがする。女の子には慣れていないのでとても刺激が強い。いかん、平静にならなければ。

「目次も、本文も？」

「うん、全然わからない」

俺は腕を組んだ。古代文字に対応した辞書が必要か。サフィさんちにあったかな……？

そもそも考古学に近い分野だ。俺はもちろんサフィさんも専門外だろう。

「今から探しに行きませんか？　私も気になります」

シーシュちゃんは提案した。

「それはありがたいけど……付き合ってもらっちゃっていいの？」

「はい、もちろん！　私もぬいぐるみの材料を買いたかったので、ちょうどよかったです……！」

「お裁縫《さいほう》するんだ」

「はい、こちらに来てからやりはじめたので、まだへたくそですが」

シーシュちゃんは、出身が特殊なだけで、ほかは普通の女の子だ。サフィさんやスキアさんを日常的に見ているので、余計にそう思う。

こういう休日もいいもんだなあ。ほっこりしながら、俺は出かける支度をした。


辞書をさんざん探して、古本屋さんでようやく見つかった。しかもお値段は二十五万リードである。

王国とその周辺所領のお金の単位は、すべてこの『リード』だ。リードの取引には貨幣《かへい》が使われており、二十五万リードなら、一万リード銀貨が二十五枚分。家族揃って高級な食事に行けるくらいの、なかなかのお値段である。

惜しげもなくお金を使って購入したが、おかげさまで金欠になってしまった。付き合わせてしまったシーシュちゃんにも後日お礼をしなければ。

その夜、俺はさっそく魔法書の解読を試みる。ボロ椅子に座って、コーヒーを飲みながら、魔法書を開く。ニアが俺の膝の上に乗ってきて、一緒にページを眺める。

「いや、お前文字わかんないだろ」

「ニァー」

まあいいや。魔法書は難解だが、どうにか言葉は辞書を引きながら理解できた。

著者はアレクサンダー・ハイアット。著書名は『魔法薬研究録』。

俺は、序文を読み進める。

――序文――

本書は、以下に挙げる魔法薬の製法と使用方法について、その詳細を記述するものである。

『ローレライ』

一定時間、詠唱する魔法の威力を著しく向上させる。また製作過程での調整により、あらゆる声質を再現する。誘惑効果【中】が付与可能。

『ディープインサイト』

一定時間、見て触れた非生物の構造を理解し解析する。理解の程度は集中力により変化する。

『[redacted]』

[redacted]

魔法薬――どうやらポーションに関する魔法書みたいだ。

どれも聞いたことがない名称と効果である。

淡白な書名といい、やっぱりこれ、個人の魔法使いが研究したメモ書きやノートなんかを後に誰かが本にしてまとめたものだ。しかも世に出ずにずっと保管されていた——いわゆる灰色文献《はいいろぶんけん》の一種に違いない。貴重書も貴重書だ。

こんなものをパッとくれるなんてトリニティ将軍は太っ腹すぎる。

「でも、最後のはなんだ？　……読めない」

辞書を活用しても読めなかった。

いや、辞書を活用するとかしないとか、そういうレベルの話じゃない。

読めないというより、言葉として認識できない。

文字が書かれているのはわかっているが、つぶれて擦《こす》れて染みになったインクのような、文字以外のものとして認識してしまう。

「だめだ……ここだけ、何一つわからん」

該当のページを開いてみても、一つとして理解できなかった。

最後の項目に、一番ページ数が割《さ》かれている。これがメインの研究っぽいけど……

ニアも、読めない字をじっと見ている。

そういえば、ニアの角にも魔力があるんだったな。さっきからやたら本を眺めているが、魔力に反応しているのだろうか。

この本のどこかに、魔力が使われているということか？　だとしたら……

「なんらかの魔法による認識の阻害か？　文字が読めないってことは、インク自体が魔力を持っている……？」

インクに魔力か。やはり昔の魔法技術だから、今と少し勝手が違うよな。

「まあ、これは、楽しみにとっておくか。こんな魔法の破り方わからないし」

それよりも、載っているポーションの一つに注目する。


『ローレライ』

一定時間、詠唱する魔法の威力を著しく向上させる。また製作過程での調整により、あらゆる声質を再現する。誘惑効果【中】が付与可能。


「これ、いいな」

詠唱する魔法の威力を向上させるというのは、便利だな。人間の魔法使い向けに生産できないだろうか？

材料の項目を見ると、浄化水や精油、ゲッケイジュの葉など、よく使われる材料のほかに、『グレモリーセージ』という高価なハーブ類や『シュトラール花の蜂蜜酒《ミード》』というのも必要なようだ。

それにすべて上級品質以上の材料、魔法石で揃えなければいけない。

製法でわからない箇所はないし、ほとんどの材料も知識として持っているものだ。しかし……材料の一つにあるシュトラール花の蜂蜜酒というのは聞いたことがないな。

「酒？」

シュトラールの花って、なんだ？　どこに生えている植物だ？

その花の蜜《みつ》で作ったお酒ということなんだろうけど……

少なくとも薬術では使わない素材である。酒の知識がないので、それが手に入れられるものかどうかがわからない。

認識できない字も含めて、明日サフィさんやアララドさんに聞いてみるか。

‡

次の日、サフィさんの魔法工房に行くと、俺は早速質問してみた。

「シュトラール花の蜂蜜酒？」

それを聞いて、サフィさんとスキアさんは首を傾げた。

「ミードってお酒だよね？」

「そのままの意味なら、そうですね」

遊びに来ていたメリアも首を傾げる。

「ロッドさん、お酒飲みたいんですか？」

「いや、オズのお父さんからもらった魔法書に載ってるポーションの材料なんだけど、なんなのかわからなくて」

俺は魔法書を取り出してページを開いた。

サフィさんは魔法書をパラパラとめくる。

「何これ？　最後の項目が……ただの汚れみたいに見える？」

「あ、はい。そこだけはどうしても読むのは無理でした」

サフィさんは読めない文字に指を這《は》わせる。

「仕掛けはインクかな？」

「たぶん、そうですね。なんらかの魔法かと……」

スキアさんがサフィさんの後ろから本を覗き込む。

「それ、《隠匿魔法《いんとくまほう》》の一種だろ」

スキアさんがあっさりと断定した。

「知ってるんですか？　《隠匿魔法》って？」

「うむ。秘密にしておきたいものに使う魔法だな。特定のものを見られないようにしたり、認識をゆがめたりして隠すのだ」

「そんな魔法が？」

「使い手は少ない。古い本なのにここまで効果が持続しているのは、後輩の見立て通りインクに魔力がこめられているからだろう。相当な腕の魔法使いだな」

「なるほど……破れるんですか？」

「無理に破れば、魔法の本体であるインク自体も崩壊《ほうかい》する。使用者の許可なく見ようとすると、内容が失われる仕掛けだ。難しいな」

そこまでして他人に見せたくない項目なのか。

「案外、日記とかポエムだったりしてね」

サフィさんがふっと笑う。

「一番ページ数割かれてるんですが、ポーションより大事なんですかそれは」

たしかに一番見られたくない項目ではあるな。もしそうならポーションの製法と一緒の本にするなよと言いたいが。

でも編纂《へんさん》した人物が著者と別なら、わけわからないまま一緒に綴《と》じてしまうこともありえるか。

著者の死後とかなら文句を言いようがないし。

……そのとき、勢いよく工房のドアが開いた。

「ロッド、いるか!?　外に行商が来てるんだが、何が売ってるか見に行こうぜ！」

タイミングよく、アララドさんが入ってくる。

「ちょうどよかった。アララドさん、ちょっと聞きたいことが」

酒ならこの人だろう。俺はアララドさんに魔法書の材料について尋ねる。

「シュトラール花の蜂蜜酒は、西方の大陸で作られている酒じゃなかったか？」

「西の国のお酒？」

「ああ。シュトラールっつう、月の光を追うように空を浮遊して移動する植物があってな、ほんのり光ってる。このへんじゃ自生してない花だな。その蜂蜜で醸《かも》した酒だろ」

「なんというかロマンチックな花ですね」

「製法が極めて難しいって話で、質のいいものは高値で取引されてる。貴族が道楽で買うような酒だ。庶民《しょみん》が手に入れられるような代物じゃあないな」

「そ、そうですか……」

俺は落胆した。《隠匿魔法》は破れないし、材料は集まらない。八方塞《はっぽうふさ》がりだ。

せっかく良書をもらったのに、活かせないのか。そう思っていると、みんなが微笑した。

「ぼくは基本詠唱しないからそのポーションは必要ないけどさ、未知のものってのは、作ってみたくなるよね」

「その酒飲ませてくれるなら協力してやらんでもないぜ」

「《隠匿魔法》、破れはしないが……破らずに内容を読む方法はあるかもしれん。余は燃えてきたぞ！」

「面白そうです！　作ってみましょうよ、みんなで！」

みんな、ローレライの材料も、《隠匿魔法》の解除も、協力してくれるみたいだ。

「ありがとうございます……でも皆さん、各々の抱えてる仕事はいいんですか？」

俺が質問すると、メリア以外の全員が顔をそらした。

「おいあんたら」

ちょっとじんと来ていたのに、そんなことなかった。

この人たち、仕事をサボる口実を探してただけかな？

‡

俺とアララドさんは、フーリァンのすぐ外に来ていた行商団の出店に足を運んでいた。シュトラール花の蜂蜜酒を探すためだ。

今日、辺境伯領に来たばかりの隊商——いわゆるキャラバンだった。アララドさんは珍しい酒やつまみを探すため、キャラバンが来るたびに必ず見に行くらしい。

サフィさんとメリアにはグレモリーセージの調達を、スキアさんには《隠匿魔法》の解読をお願いしている。

キャラバンを見に来ている住人はけっこういて、にぎわっていた。

「なんか、ちょっとしたお祭りですね」

大規模な商団で、簡易なテントがこれでもかと軒《のき》を連ねている。売っているものも、日用品から魔法石から武器から多種多様だ。

「よう、酒はどこで買える？」

店を出していた行商人に、アララドさんは尋ねる。

「ああ、それならあっちだ」

行商人は指差して答える。

「恩に着るぜ。ちなみに、もう少し詳しいことを聞いてもいいか？」

アララドさんはいくらかのチップをその行商人に握らせた。悪い顔だ。

「おっ？」

金額を見た行商人はみるみる笑顔に変わっていく。

「ああ……なんでも聞いてくれ旦那《だんな》」

「珍しい酒を探してる。シュトラール花の蜂蜜酒は置いてないか？」

「旦那、貴族様か何かかい？」

「いや」

「だったらやめといたほうがいいと思うが……高級な酒だぜ。住む世界が違うやつらが好んで買う酒だ」

「あるのか？」

「わからんね。しかし、高価なものはうちの商団の幹部が直接取引してる。こういう簡易テントの店じゃ売ってねえな」

「略奪対策か。出店が襲われても、高価なものを別にしておけば被害は未然に防げる」

「そういうことだな」

「じゃあ、そこまで案内してくれねえか」

アララドさんはさらにチップを上乗せする。

「へっへっ。もちろんですよ、旦那。でも買えるかどうかは取引次第ですぜ」

「わかってるさ」

汚い大人二人が笑う。実は俺はとんでもないところに来てしまったのではなかろうかという予感がよぎる。

ああ……俺もいつかこんなおじさんたちの一員になってしまうのだろうか。ますます研究に打ち込もうという意欲が出てきたぞ。


行商人のおじさんからキャラバンのことを聞く。

『アルマデウス行商団』のキャラバン――案内されたのは、その幹部の一人であるユーゼフという名の人物がいるテント。

高額商品はキャラバンの出店では出回らない。一点ものや高価な商品は、それぞれに対応した幹部と直接取引をしなければならない。高価な酒類を主に扱うのが、そのユーゼフという人物である。

行商人のおじさんが取り次いでくれ、俺とアララドさんはユーゼフのテントの中に入る。

「いらっしゃいませ。私がこのテントでの商談を請け負《お》っております、ユーゼフ・グリニッジと申します」

腰に剣をさげたボディーガードらしき二人の男に挟まれて、その人物は高価そうな椅子に座っていた。

「どうぞ、おかけになってください」

ふかふかのソファとガラス製のテーブル。どちらも高級そうである。地面には絨毯《じゅうたん》が敷かれている。

ユーゼフは、褐色《かっしょく》の肌で、悪人みたいに目つきの悪い男だった。短髪で、耳にピアスをしている。

二十代後半くらいだろうか、まだ若い。

「お名前をお伺《うかが》いしても？」

「俺はアララドで、こいつはロッドだ」

「……失礼ですがご職業は？」

「俺が用心棒で、ロッドが研究者だ」

「…………」

なんか一瞬、あからさまに嫌な顔をされた。

「ユーゼフと言ったな。シュトラール花の蜂蜜酒は売っているか？」

「…………」

ユーゼフは無言のまま、収納の魔法石からビンを取り出す。

透き通った色のきれいなビンに、蜂蜜《はちみつ》色の液体が入っている。異国の商品のラベルと、品質を表すラベルが貼られていた。

それをテーブルに置く――が、自分の近くに置いている。

「いくつかあるが、金は持ってんのか？」

ユーゼフから敬語が消えていた。金持ちを嗅《か》ぎ分ける能力でもあるのか、追い出そうとする意思が態度にありありと見える。

「最高級品を扱うからには、相応の金を用意してもらわなきゃ困るんだが」

「……いくらですか？」

俺は尋ねる。

「一本三百万リード。払えなきゃ、帰りな」

吐き捨てるように、ユーゼフは答えた。

「三百万⁉」

俺が金欠になるほど高かったあの辞書の十倍以上……高級なお酒が一本でそんなにするなんて、知らなかった。

「たかが酒一本にそんな値段がつくんですか⁉」

「もっと高い酒も当然ある」

それにしても目玉が飛び出るほど高かった。

十万リード金貨が三十枚……金貨一枚でさえ、庶民にとってはほとんどお目にかかれない。

ユーゼフは、厳格な態度を崩さない。

「なんの理由があってこれを買いたいのか知らないが、珍しい酒なんて金余りのやつらにゃ引く手あまただ。お前らがあきらめても、まず間違いなく買い手は現れるだろうぜ」

道楽好きな貴族はそういうのをよく買いそうだしな。

「…………」

俺は言葉をつまらせた。

「おいおい、待てよ」

アラランドさんは大げさに肩をすくめる。

「そりゃ高すぎて貴族も買わねえだろ。飲んじまったらなくなっちまう、たかが酒なんかによ、誰がそんな大金を出すっつうんだ？」

……そうか、なるほど。

こういう商人は値段交渉すること前提で、客にはじめに提示する値段をあえて高めに設定してふっかけると聞いたことがある。適正価格まで値切っていかなければぼったくられてしまうのだ。

アラランドさんは、商人に値段交渉を持ちかける気だ。さすが、戦いに身を置いているだけあって駆け引きに長《た》けて……

「三百万じゃなくて三万にしろ」

交渉下手かな？

「てめえ舐めてんじゃねぇぞ！　んな値段になんかできるか！」

ユーゼフは激昂《げきこう》してテーブルを叩いた。

「うちは適正価格で売ってる！　ぼったくろうとしてこんな値段にしてんじゃねえよ！　仕入れ値がそれなりにかかってんだ！　質のいいものを作る生産者に最大限の敬意を払っているからだ！　わかったら黙って三百万、耳揃《みみそろ》えて払いやがれ！　でなければ出ていけ！」

「すまん、すまんって」

アラランドさんはユーゼフをなだめにかかる。

「金ならもちろんあるさ。ロッドがな」

「……え、あー」

「おい、ロッド、金は？」

「最近、古代文字の辞書買ったので、もう手持ちが少ないです。そもそも三百万とか払うのは無理です」

「ここに来た意味ねえじゃねえか！」

ユーゼフは腕を組んで、俺たちを睨むように見る。

ボディーガードの二人が、腰にさげていた剣に手をかけていた。すでに冷やかし客のふりをした盗賊かの見極めを始めているようだった。

だって、酒がそんな高いとは思わないじゃないか。高価な酒って言っても数万くらいだと思ってたぞ。

「……ま、現金がないなら物々交換でも構わんがな。それでもやはり相応の品を出してもらう」

ユーゼフは背もたれに体重を預け、蔑《さげす》むような目で俺たちに言った。

「オレの普段食ってる干し肉でどうにか」

「なるかボケ！」

「すまんって」

「言っておくが、あの異邦のモンスター素材くらいじゃなきゃ相応しい値段がつかんからな。逆に異邦産の珍しい素材でありゃいくらでも買い取るが、あんな場所、凄腕の冒険者くらいじゃなきゃ調達は不可能。用心棒ごときに身をやつしているおっさんや、ただの研究者なんかには天地がひっくり返っても無理な話だ。あきらめろ」

言われて、俺はうつむいた。まったくユーゼフの言う通りだ。

ここまで現実を突きつけられるまであきらめきれなかったが、ようやく実感がわいた。俺のような庶民には、最初から無理な話だったのだ。

あきらめたくは、ないんだが……

「困ったな。スキアさんからもらったアダマンタイトはさすがに売れないし……今は、少し前に手に入れた異邦の巨大モンスターの牙《きば》くらいしか、交換できそうなのはないけど……」

「ああ、エクスフロントに行く途中で取ってきたやつか」

以前、アララドさんと大人のお店がある異邦の集落、エクスフロントに向かう道中、名前も知らない六ツ目の巨大ゾウを倒した時に手に入れたものだ。

俺は、その巨大な牙を収納の魔法石から一本取り出した。

重っ。

「……え？」

ユーゼフから気が抜けたような声が漏れる。

魔法に対する耐性があるのか、運良く焼かれなかったのか、上級の炎魔法による攻撃に耐えた象《ぞう》牙《げ》である。傷ひとつなく、とてもきれいだ。

ただ、重いのでとりあえず雑に地面に置いておく。収納の魔法石に入ったのが奇跡なくらい巨大で邪魔だ。

「えっ⁉」

座っていたユーゼフが立ち上がり、身を乗り出した。何やら目を見開いている。目の色が、明らかに変わっていた。

しかし、やはりこれでも目標額に届くとは思えないな。

「状態はいいけど、さすがに三百万リードには届かないよなあ。だったら売らずに取っておく方が、どこかで役に立つか……」

「だな。象牙ってのは加工次第で工芸品にも薬にもなる。異邦産の質のいいものなら武器にもなりそうだ。何かと便利だし、取っといて損はないだろ」

アララドさんが同意してうなずく。

これもひとつの資産なら、本当に生活に困ったときのために保管しておくのも悪くないよな。

俺は収納の魔法石に象牙を戻そうとするが――

「いや！　待って！　どうか待ってくれ！」

ユーゼフがそれを止める。

「え？」

「異邦に行って取ってきたというのは本当か!?」

「証明はできないですが……」

「いや、その品を見ればわかる。俺だって伊達に今まで商人をやってきたわけじゃねえ。異邦産の、最上級品質だってことくらい、見りゃわかる！　おそらく伝説級のモンスター『アウンヤイナ』の牙だろう！」

「たしかに良さげな品ではありますが……あ、いちおう鑑定器で品質測定しますか？」

俺が拳で象牙をコンコン叩いたら、

「うああやめてくれぇーーー！　素手で触らないでくれ！　頼むから滑《すべ》り止《ど》めのついた手袋とかでそっと女の頬を撫でるように優しく触れてくれ！」

ユーゼフは天地がひっくり返りそうなほど取り乱した。

「そこまで？」

「——シュ、シュ、シュ」

どうした？

「シュトラール花の蜂蜜酒をお望みでしたら、そちらの品で十分足ります。足りるどころか、お釣りが来るかと……詳しく鑑定させていただいても？」

「あ、はい」

態度が豹変《ひょうへん》していた。営業スマイルが引きつっている。

それから鑑定器や重さを測る天秤《てんびん》を持った人たちを呼んでくる。

「ゆっくり持ち上げるんだ！　長さと重さと品質を測れ！　どこかにぶつけたり傷をつけたりしたら自分の首が飛ぶものと思え！」

鑑定人たちにきつめに指示をしてから、ユーゼフは光の速さで膝と手をつき、俺たちに頭を下げた。

「さきほどは、大変失礼をいたしました」

「あ、いえ……そんな、いいんですよ」

さすがにそこまでかしこまられると、話しにくい。

「すげえ手のひら返しだな」

アララドさんは少し呆れていた。

「謹《つつし》んで買い取りを進めさせていただきます」

「ありがとうございます。ちなみに、牙はもう一本あるんですけど買い取ります？」

「もう一本ですって⁉」

ユーゼフは背骨が折れるんじゃないかというくらいのけぞった。

魔法を受けても牙は二本とも残っていたので、同じものをもう一本保管してあるのである。

結局象牙を二本売り、シュトラール花の蜂蜜酒は四本手に入って、さらに百万リードという高額なお釣りをもらってしまった。しかも十数万もするワインを一本、おまけでつけてくれた。

お近づきの印とのことらしい。また何か手に入ったときはうちに売ってくれればサービスをすると、ものすごい勢いでゴマをすられた。肩も揉《も》まれた。

ユーゼフは背中を痛めていた。

第三章　古代魔法薬、その効能

シュトラール花の蜂蜜酒は、四本あるうちの一本をお礼としてアララドさんに渡した。あとおまけのワインもいらなかったので渡した。アララドさんは大喜びで、広場で酒を飲むために工房をあとにする。

百万リードのお釣りの一部は、グレモリーセージを調達してきてくれたサフィさんに渡す。スキアさんは何かひらめいたらしく、自分の部屋にこもってしまった。

ついに材料は揃い、本に記載の製法で、サフィさんの工房の設備を借り――俺は新しいポーション、ローレライを製作する。

「……とりあえず、一本」

古代の魔法使いが研究していた珠玉《しゅぎょく》の魔法薬。その試作品が、完成する。

ビンに入っているのは、透き通った淡い碧色《みどり》の液体。材料がもったいないし失敗していたら困るので、まずは一本分しか作らなかった。

「できたんですか!?」

隣で俺が作っているのを見ていたメリアが尋ねてきた。

「おめでとー」

サフィさんがお茶を飲みながら言った。

「お疲れ様ですわ」

サフィさんの隣にいたオズが俺をねぎらった。

「オズまでいるの」

「お父様が託《たく》した魔法書ですもの、ぜひその効果のほどを見てみたいですわ。それに、もし悪《あ》しき呪法《じゅほう》なら破壊しなくてはなりません」

「そ、そうだね」

お父さんが手に入れた時点では、解読不能な謎の魔法書だった。そりゃあ、オジサンとしては気になるだろうな。

「やあ」

いつの間にか、工房内にはサフィさんのお兄さんであるウェルトランさんもいた。

「珍しいポーションを作っていると聞いてやってきたよ。さっそく売ってくれないか」

「いや、売らないです」

初めて会ったときもそうだったが、いきなり工房内でエンカウントするのやめてほしいんだけど。

ドアから入ってきた気配が全然ない。

「ていうか、試作しただけなので、そういうのはまだ何も考えてないです」

失敗している可能性もあるしな。こういうのは最適化するまで調整が必要だろう。

「…………ん？」

今さら気付いたが、工房の外もなんだかがやがやしている。

――ドアを開けると、領民の皆さんが工房の周りに集まっていた。

「あの……なんでこんなに人がいっぱい？」

俺が出てくると、

「よう兄ちゃん、またなんか面白そうなことやってるんだって？」

「どうなったんだ？　終わったのか？」

顔なじみの領民さんたちが俺に話しかけてくる。

「サフィちゃんとこの工房の兄ちゃんがまた何かやるらしいぞ」

「クソ高い酒でポーション作るらしい」

そんなうわさが広まって、俺のことを知る人たちが興味本位で集まってきたらしかった。

「そんな、大したことはないので……」

「まあ、いいじゃないか。ちょっと見学させてくれよ」

そんなこんなで、俺はドアを開けたまま工房に戻る。

鑑定器で品質を鑑定する。

十段階評価のうちの、十。最上級品質である。

「おおっ」

と外から歓声が上がった。やりにくく。

「当たり前のように最高評価を出すね。クリムレット卿も恐ろしい人材を見つけたものだ」

ウェルトランさんが感心する。

「これから試飲するので、俺に何かあったら、あとのことはよろしくお願いします」

「何その言葉⁉　死ぬのかい⁉」

「いや、ぶっ倒れたりするかもしれないので……」

メリアがそばに寄ってきて、

「私も飲みたいです！」

好奇心に目を輝かせる。

「いや、失敗してたら大変だから、最初は俺が飲むよ」

俺は一気にローレライのビンをあおる。

酒のアルコールは飛んでいるも、ハーブによる独特の風味がけっこうする。

「………」

とりあえず体に変調はないようだ。

古代魔法使いのポーション、ローレライ。その効果は、詠唱する魔法の威力を増大させる。

「これで外で詠唱魔法を使ってみるか……どの程度の間効くのかも見たい」

俺がつぶやくと、メリアとオズが俺の腕に抱きついてくる。

「一緒に行きましょう！」「お供しますわ」

「う、うん。そうしよう」

俺もずいぶん二人に懐《なつ》かれたものだな。

「……ん？」

なんか背中の服がひっぱられる感触がする。

振り向くと、サフィさんが俺の服の裾《すそ》を握っている。

「……ぼくもついてってあげる」

「あ、はい。珍しいですね」

「そう？」

「だってこういうの、俺が助けを求めるまで自由にやらせるでしょ？」

「そうかな。場合によるよ」

「ですかね？」

「どこ行きたい？」

サフィさんは転移の魔法陣を展開する。

「好きなところ、言って」

なんだか、いつもより声が艶《つや》っぽい。

こぼれる金髪の間から覗く瞳が、俺のことをすがるように見上げている。

「えっと、じゃあ、遠くにある広い場所で」

目が合うと、サフィさんは急に頬を赤らめて目をそらした。

……なんだ？

首を傾げていると、工房の外から女の人が次々に声を上げる。

「私も行きます！」

「私も！」

「えっ⁉　なんですか⁉」

女の人たちが雪崩《なだれ》のように入ってくる前に、俺たちは魔法で移動した。


いきなり女性たちのテンションが上がったように見えたけど……

「な、なんだったんだろう」

まあいいか……それより実験だ。

俺たちが移動してきたのはどこかの無人島らしい。俺たち以外は誰もいない。ここなら何かあった時に、どこにも被害が及ばなくて済む。

「じゃあ、メリアの守りはお願いしますよ、サフィさん」

「うん……何かあったら言って。なんでもしてあげる」

「え？　は、はい」

なんか変だな、さっきから……

……気を取り直して、俺は手を空に掲げて魔法の詠唱を始める。

「————！」

詠唱していてわかった。俺から生み出された魔力が、声に出すことで増大していっている。

「——灰塵《かいじん》と帰《き》せ！　《ブラスト・エクスプロージョン》！」

唱えると、巨大な魔法陣が展開され、魔法が空に放たれ、はるか上空で爆発した。

――ドオオオオオオッ！

轟音《ごうおん》と閃光《せんこう》がほとばしった。

「うおおおおっ⁉」

想定以上の大爆発が起こる。

爆風で吹き飛ばされそうになるのをぐっとこらえる。だいぶ上空で爆発させたはずが、熱も衝撃もここまで届いている。

今までの、ざっと十倍近い威力。

詠唱は、本来ディスアドバンテージだった。

時間がかかるし、人間のように魔力が低い種族が魔法を使うため仕方なく行う手段だった。

エルフなどのもともと魔力が高い種族は、詠唱など必要としない。

だから人間は、詠唱の術式を魔法石に閉じ込める事で、詠唱を省略し、時間的デメリットを補っていた。

このローレライは、それらの詠唱を省略しようとしてきた人間の魔法の歴史を根本から覆《くつがえ》す可能性があるものだ。いや、そういった詠唱を排除しようとする風潮のせいでつまはじきにされたおかげで、今まで埋もれてしまっていたのかもしれない。

詠唱をあえて行うことで、莫大《ばくだい》な威力増加を実現する。

しかもこのポーションを飲むだけで可能になる。魔法書を見る限り副作用もないようだ。これだけの威力が出せるなら、人間が他種族に魔法合戦で勝つことも、難しくはない。

……とんでもないものを作ってしまった。

「三人とも大丈夫ですか⁉　怪我は――」

魔法が終わって振り向くと、メリアが抱きついてきた。

「すごいですロッドさん！　なんですかそれ！」

続いて、オズが俺の脇になぜか頭突きをしてくる。そのまま頭で押され、バランスを崩しそうになるのを俺はこらえた。

「くぬぬぬっ」

「オズ、何やってるの？」

「押し倒そうとしてます……」

「いやなんで⁉」

ニアみたいに頭をぐりぐりしてくる。

押し倒すには力が足りないようで一安心だった。いや、そもそも押し倒さないでくれ。怪我するだろ。

「ロッドくん、成長したね……えらい……！」

ついでにサフィさんも抱きついて、頭をなでてきた。

「サ、サフィさん？」

俺は戸惑った。普段じゃ絶対にとらないであろう行動だ。

「えっ？　あれ？　なんでっ？」

サフィさんは自分の行動に気づいたようですぐに身を離す。

「ご、ごめん」

「今日はどうしたんですか？」

「……うん、おかしいよね、さっきから」

「いや、俺は別に嫌ってわけじゃないですけど……」

「……っ！」

サフィさんは、また頬を赤らめて顔をそらす。

「も、戻るよ……」

「あ、はい」

サフィさんは、恥ずかしげにしながらも俺の腕に自分の腕を絡める。

メリアはいつものことだが、もう片方の腕に抱きついている。

「あの……」

「いつもメリアに抱きつかれてるんだし、ぼくだってちょっとくらいいいでしょ」

「はあ、まあ。いや、動きづらいんですけど」

なんで今日はこんなに褒められたり甘えられたりするんだろう。

「いっそここで四人で暮らしましょうか？」

いきなりメリアが提案した。

いや、戻るって話してるのに何を言っているんだ？

「……それ、いいね」

「そうしましょう！」

サフィさんとオズの二人はうなずいた。

「ふざけてないで戻りますよ！」

じょ、冗談だよな？　さすがに。顔が本気なんだけども。


……工房に戻ってくると、野次馬の女の人たちから黄色い声が上がった。

「あ、どうも……」

お辞儀をすると、さらにキャーキャーと声が上がる。なんか、外の人たちの女性比率が上がっている。

今日は、妙に女性に人気になっている気がする。ついに俺にもモテ期が来たんだろうか？

そう思っていると――

「実験が終わったんなら、今度は私と遊びましょう？」

「私にエッチな実験して！」

「歌って！」

女の人が工房になだれ込んでくる。

「……いや、なんで!?」

何もしていないのにモテていた。

女の人はみんな目が据《す》わっている。

恋以外の感情をすべて捨て去ったかのような不気味な表情だ。怖すぎる。なんらかの呪《のろ》いでも受けているかのようだった。

――このままでは、殺されるのでは？

血の気が引くような可能性に思い当たる。

「に、逃げ……」

工房の外に逃げようとしたけど、逃げられない。入り口を女性たちに塞がれている。後ろに下がるしかない。

女性たちが一気に俺に迫りくる。なぜかサフィさんやオズやメリアも一緒に迫ってくる。

「う、うおおお!?」

後退して、壁に背をつけてしまった。このままでは押しつぶされる!?

「逃げ場、逃げ場はないか――!?」

周りをキョロキョロすると、

「あっ」

スキアさんの部屋を塞ぐように、巨大なゴーレム、アトラスが腰を下ろしていた。

「すみません、サフィさん！」

俺はゴーレムによじのぼって、首筋に魔力を流した。

ゴーレムは勢いよく立ち上がって――

ドガァッ！

頭で工房の天井を派手に破壊する。

「もっと壊して……！」

下でサフィさんが恍惚《こうこつ》の表情で言った。いや、そのリアクションはおかしいだろ！

ここはとりあえず逃げるしかない。俺は壊れた天井から外に出て、住宅地の中を駆ける。

工房にいた女の人たちが、俺を追って走ってくる。よく見たら男の人も追ってきている。

そういえば、俺がローレライを飲んでから、みんな様子がおかしくなった。

「…………っ！」

走りながら、俺はとっさに口元を押さえた。

これはローレライの効果によるものだ。

「そういうことか」

記述には『誘惑効果【中】が付加可能』とあった。付加した覚えはないが……なんの間違いか、意図せずその誘惑効果を含有してしまったのだ。

おそらく俺の声に誘惑効果が乗っている。あの魅了のされ方はそうとしか考えられないほどに不自然だ。

……でもそれにしては、効能が大きすぎる。全然【中】じゃねえ！

古代の価値基準で【中】だっただけで、今の基準だと違うんだ、たぶん！

【特大】くらいだろ！　【特大】って基準があるのかわかんないけど！

調整で付加効果をなくさないととんでもないことになる。改良の余地ありだ。楽しいけど、楽しくない！

道端に座り込み空を見上げながら酒を飲んでいたアララドさんの横を通りすぎる。

「おう！　ロッドじゃねえか！　酒飲むか⁉」

ここは無言にてスルー。

なんかもう三百万の酒のビンが半分くらいなくなっていたような気がするけど、そんなことはどうでもいい。今はそれどころじゃない！

「こっちだ！　ロッドくん！」

走って逃げていると、ウェルトランさんが家の物陰から顔を出した。

俺に向かって手招きしている。

さすがエルフの長。魔法の薬による誘惑効果には惑《まど》わされていない様子だ。

「あ、ありがとうございます！」

駆け寄ると、ウェルトランさんはなんらかの魔法を発動させる。

女の人たちは、俺たちがいなくなったと勘違いし、周囲を見回したあと、どこかへ走っていった。

……《隠匿魔法》！

おそらく、あの魔法書にかけられている魔法と同質のものである。

ウェルトランさんの《隠匿魔法》で、俺たちは今誰にも認識されないようになっている。まるで誰もいないかのように、みんなを錯覚《さっかく》させているらしい。

ウェルトランさん、こんな魔法を使えたのか。どうりで神出鬼没だったわけだ。

「助かりました……すみません、ウェルトランさん」

「危ないところだったね、ロッドくん」

ウェルトランさんは俺の手を握る。

そしてもう片方の手を壁につき、俺を見つめ……え？

「ところで、君にエルフの里をあげよう」

「なんでじゃあああ！」

悪夢のような不思議な世界に迷い込む前に、ポーションの効き目が切れた。

‡

ゴシャァ……！

という音がしそうなほど豪快に、サフィさんが膝から地面に崩れ落ちた。

「天井……なんで……」

サフィさんの工房から、ゴーレムの頭が突き出していた。天井の一部が、ものの見事に破壊されている。

「すみませんでした……」

俺は頭を下げた。

「ううん、なんか、記憶が曖昧《あいまい》なんだけど、ぼくがロッドくんに『壊して』って言ってたような気がする」

「いや、それは気のせいです。全部俺のせいです。弁償させてくださいお願いします」

俺は象牙を売って余っていたお金をすべてサフィさんに渡した。

「足りなければ稼いで出します。冒険者になってきます」

「いや、天井が部分的に壊れたくらいだから問題ないと思うけど……」

そんなことを話していると、

「できたぞ！」

スキアさんが上機嫌で工房の前に出てきた。手には、虫眼鏡のようなものが握られている。

「《隠匿魔法》を破らずに文字化して映し出せるルーペだ！　この本の性質に合わせて作ったから
この本にしか使えないが――ん？　どうした？」

俺たちが消沈しているのを見て、スキアさんは首を傾げた。

「す、すごいですね。できたんですか？　インクを壊さずにあの文字を読める道具が」

「このくらい余にかかれば軽いぞ」

この騒動の中、道具を作ってくれていたらしい。

「変な音がしたと思ったらサフィの工房、破壊されてるな。何かあったのか？」

「いろいろ深い事情がですね……」

かなり大きな音がしていたのだが、気にしなかったのはすごいな。

「おーいロッドー。酒なくなっちったー。おかわりくれよー」

続いて、アララドさんが酔っ払いながら顔を出すが、放っておいた。

アララドさんが俺の声を聞いてなくて本当によかった。心からそう思う。

大工さんの手配をし、今日のところは家に帰って、俺はソファに腰をかけた。

先にソファで寝ていたニアは、俺が帰ってきたのに気づいて顔を上げ、「ニァー」とあくびをする。

「気楽だよな、お前は」

「ニァ？」

「今日も大変だったんだぞ」

ニアをなでながら、魔法書に目を通す。ニアはまた俺の膝の上に乗ってくる。

序文を開いて、読めない文字の箇所に目を移す。

いよいよだ。

俺はスキアさんからもらった、覗くことで《隠匿魔法》を無効にして読むことができるルーペでその文字を読んだ。

『魔眼付与』

一定時間、魔眼効果を付与する。


「――ま、魔眼⁉」

魔眼は、対象を見ることでなんらかの効果をもたらす能力だ。

たいてい呪いとか、相手に対して不利益をもたらすことが多い。

伝説上では見るだけで相手を殺したり、石にしたりと、わりとなんでもありだ。

相手を見るだけで発動できるのがそもそも強力すぎる。ただ、発動が失敗すると、自分にその魔法がそのまま返ってくるというデメリットもある。

「とりあえず日記とかポエムじゃなくてよかったけど……」

飲めば魔眼の効果を得られるポーションということだろうか。

そんなもの、あるんなら絶対に作りたい。役に立つか立たないかは別として、作りたい。単純な好奇心の問題である。

俺は該当のページをめくり、本文を読み進める。

『閉鎖《へいさ》の魔眼』……効果は、記述されていない。ただ必要な材料と、製法だけ記されている。

材料は、マンドラゴラ、ヒガンバナ、妖精花《ようせいか》……など、どれも高級な薬草である。いや、まだそれらは手に入れることができるからいい。しかし最後の材料。

『霊獣《れいじゅう》の毛』――何これ。

「これは、作るのは無理だな。さすがに霊獣って……」

霊獣は、獣が長い年月をかけて精霊化《せいれいか》した存在だと言われているが、ドラゴン以上のレア生物で基本的にお目にかかれない。

出会うことさえままならないのに、ましてや毛なんて。

魔眼付与は名前からして、とてつもない力だろうが……実現できなければ意味がない。

「ニァー」

ニアは後ろ脚で立ちながら俺の胸を前脚でふみふみしている。

「それに獣の毛を何？　煎《せん》じて飲むの？　それはそれで嫌だなあ。すり鉢《ばち》ですりつぶしても嫌だなあ」

「ニァー！」

「そのへんにいないかな、霊獣。で、俺に懐いてこないかな。……さすがにないか」

「ニァー！　ニァー！」

「なんだニア、今日はやけに主張が激しいな。スキアさんみたいだぞ。おしっこか？」

仕方のないやつだ。

ただ、三つあるうちの一つ、ディープインサイトは製作できそうだ。こちらは材料は現実的である。

時間があるときに作ってみてもいいかもしれない。

「今度から、試飲は一人のときにやるか……」

今回みたいなことはもうごめんだからな。

本当は自宅を工房に改装して道具を揃えるのが手っ取り早いんだけど……今はお金が足りない。

簡単なポーションとかなら作れるが、俺がしたいのは研究である。

今はサフィさんの工房で作って、自宅で試飲するしかないか。

「ニァ……」

「なんか不満気だな、ニア」

床にニアの毛がもさもさ転がっている。あとで掃除して捨てないとな……

「ニア……」

しかしこのルーペ、少し使うだけでもかなり魔力を消費するな。ありがたいが、燃費が悪いな……

‡

ローレライはその後、効能を調整し、誘惑効果を消して辺境伯軍にいくつか納品した。

そして、試験的に作った一本は、俺の切り札として取っておくことにした。誘惑効果は、もちろんなしにして。

「ディープインサイトといったか？　使えんな」

新しく作ったもう一つのポーションをサフィさんの工房でスキアさんに試飲してもらったが、そう切り捨てられた。

『ディープインサイト』

一定時間、見て触れた非生物の構造を理解し解析する。理解の程度は集中力により変化する。


俺がもらった魔法書の中に記されていたポーションの一つである。

ローレライと同様、役に立つのであれば辺境伯軍に納品しようと思って、昨日作ってみたのだ。

生き物以外の構造を理解するためのポーションで、俺が試飲したときはうまくいった。

他人でも同じパフォーマンスが出せればいいと思っていたんだけど……

「だめですか」

スキアさんには、あらかじめディープインサイトを飲んでもらい、俺が木材で作った船の模型を触って分析してもらったのだった。

うまくいけば、船の模型の材質や品質が頭の中に浮かぶ。鑑定器なしで、鑑定器以上のことがわかる優れものになる――はずだった。

「ほとんど鑑定器で判断できることしかわからんぞ」

再度船の模型を触ったスキアさんは、首を横に振った。

「ええ？　そうですか？　木の材質とかは？」

「『乾いた木材で作った船の模型』『最上級品質』くらいしかわからん。木材とか、見ればわかるしな」

「おかしいな……」
ちゃんと作って、俺が試しに飲んだときはうまく機能していたのに。
俺はディープインサイトを飲んで、船の模型に触れてみる。

【帆船の模型】
製作者：ロッド・アーヴェリス
品質：10／10　最上級品質
材質：主に乾燥させたイチイ、スギ、カエデの落枝や木切れ、釘《くぎ》、糊《のり》、ニス（樹脂・植物油）、布切れ
特記事項：ロッド・アーヴェリスが製作した観賞用の帆船《はんせん》の模型。
完成後、我ながらうまくできたと小一時間ニヤニヤしながら眺めていた。
モデルはとくになく、ロッドのイメージした通りの簡素な船。水に浮く。カビ・炎に弱いため、湿気の多いところに放置したり、火元の近くに置いたりすると劣化や損壊の原因になる。
また、踏みつぶすと壊れる。鉄板を張りつけるなどで強化が可能。

こんなにいらん情報も事細かに教えてくれるのに……？

ニヤニヤしながら、とかいう説明いる？

「俺が飲んだときにはちゃんと機能しているんですが……なんだろう、何かの不具合かな。ゴーレムに使ってもいいですか？」

「いいぞ」

俺はゴーレムに触れてみる。

【試作ゴーレム『アトラス』】
製作者：スキア・ノトーリア・エクリプス
品質：８／10　上級品質
材質：粘土、鉄合金（鋼）、魔法石（駆動用）、魔法石（エーテリックストライク）
その他：パーツごとに分離可、自律駆動、変形機構
特記事項：スキア・ノトーリア・エクリプスが古代の製法を再現しながら製作した似非《えせ》ゴーレム。本人は自信満々だがゴーレムではない。首筋の駆動用魔法石に魔力を込めると起動。即時立ち上がるよう設定されている。
戦闘力は高いが、維持には多大な魔力を必要とする。魔力を込めた者の命令に従う。
表面に施された乾燥粘土のコーティングは見た目以上の意味がなく、駆動しているうちに剥がれてくる。

錆びるため海水などによる腐食に弱く、定期的なメンテナンスを必要とする。

また、関節などの駆動部に異物が挟まった場合も行動に支障をきたす場合がある。

辺境伯領を守備する自動歩兵として製作されたが、取り回しの悪さ、生産性の低さ、必要魔力の多さなどの問題から実用化には至っていない。


「この変形機構ってのはなんですか？　あと金属だから関節の間に何か挟まると動けなくなるんですね。よく表面に土盛って支障きたさないですね。……いや、支障きたさない程度にあえて軽く盛ってるからすぐ剥がれるのか」

「なんでそんなことがわかるんだお前！　怖っ！」

変形機構は、この前分解したときにはわからなかった機能だな。

あと、この状態でも実用化に難ありなのに、さらにでかくしたいとか言ってるのかこの人。

でもアトラスが量産できれば、辺境伯軍や自警団の助けになりそうだ。

「――――」

さらに集中すると、傷《いた》んでいる部分や弱点である関節部が光って見えるようになる。

ぼんやりと、邪魔にならない程度に光の粒《つぶ》が集まっているように見えるのだ。

「あっ、ここの粘土、少し剥がれそうになってます」

「お、おう」

集中すればいつでもこのレベルまで見破れるのだが……どうやら普通とは違うらしい。

「でも粘土って意味あるんです？　動くたびに剥げるのに」

「あるわ！　雰囲気出るだろ！」

やっぱ見た目以上の意味ないんだ……

「余が飲んだときとは効果が全然違うな。なんで弱点もわかるようになるんだ」

「集中力で理解できる範囲が決まるらしいので……」

「余に集中力がないってことか!?」

「いや、どうなんでしょう!?」

スキアさんにつかみかかられそうになる。

「まあまあ」

サフィさんがなだめながら言った。

「スキアに集中力がないわけじゃないよ。これは、ロッドくんに集中力がありすぎるんだね」

「俺に、集中力が？」

俺はいつも、何か取り組むときにそれだけに集中する。

周りが見えなくなるので考えものだなと思っていたが、そこまで他人と違うものなのだろうか？

「深く集中することで、魔力だって底上げされていることに気づいてる？　なかなか特異な才能だと思うよ」

「そうなんですか」

それは知らなかった。

「……なら、このディープインサイトは他の人にとってはあまり役に立たなそうですか」

「現状、君専用のポーションでいいんじゃないかな？」

材料は手に入りやすいだけに残念だ。

「うーん……集中力がいらなくても分析できるようになれば役に立つか。改良のためのプランを練らないとなぁ。他人の考えた製法を変えていくのは骨が折れそうだけど……そうなると、やっぱりうちに本格的な薬術工房の設備が欲しいな……」

でも、俺みたいな金欠の雇われ魔法薬術師がすぐにそういう設備を手に入れられるかと言われると、難しいよな……大工さんも雇わないといけないだろうし。

「あ……もうこんな時間か」

気がつけば、日が沈みかけていた。

「すみません、今日は予定があるのでお先に失礼します」

俺はサフィさんとスキアさんに言った。

「何かあるの？」

「アラフドさんたちと食事会があるので」

「ああ、なるほど」

俺が答えると、サフィさんは納得した。

「余の晩飯は!?」

スキアさんが言ったけど、そんなのは考えていなかった。仕方ない、作ってから出るか……

日が暮れたころ、俺が『料亭ラッキーノール』に行くと、すでにアララドさんともう一人は来ていた。

「おう、遅《おせ》えぞ」

アララドさんはすでにジョッキを頼んで準備が済んでいる。

その隣には……

「ロッド殿、こんばんは」

辺境伯軍兵士のジェラードさんがにこやかに座っている。

「お疲れ様です、ジェラードさん」

ジェラードさんはオークが攻めてきたときの防衛戦で、最前線の隊長を任されていた若い男性である。

防衛戦のときは隊長代理だったが、そのときの功績が認められ、晴れて隊長格に昇格したのだ。

今日はそのお祝いだ。兵同士では飲み会をしたそうだが、アララドさんの提案でこうして知り合い同士でもやろうということになったのだった。

俺は、ジェラードさんとは防衛戦のあとに知り合っている。初対面のときは、「あなたのおかげで防衛戦に勝つことができました！」など、なんだかめちゃくちゃに感謝された。

店員さんに注文を聞かれ、俺は軽いお酒を注文する。

夜は酒場の様相を呈《てい》する料亭ラッキーノールは、今日もほぼ満席で賑わっている。主人や店員さんが忙しそうに、しかしはつらつと働いている。

客同士のケンカとかもなく、民度はほかと比べると高いだろう。王都では酒場街でケンカしている人たちを見たことがある。

店内の様子を見ていると、すぐに注文した酒がやってきた。

果汁をベースにした甘いお酒である。グラスは氷の魔法石のおかげかキンキンに冷えている。

「お前、いつもそんなジュースみたいな酒ばっか頼みやがってからに」

「いいじゃないですか、お酒弱いんだから」

軽口をたたき合いながら、乾杯。

「でもすごいですね、ジェラードさん。百人隊長なんて、なかなかなれるものじゃないんじゃないですか？」

ジェラードさんは二十代前半くらいに見える人間の兵士だ。装備がないと普通の男性だが、普段から鍛《きた》えているらしく、腕には相応の筋肉がついている。あと座ったときの姿勢がとても良い。

「いや、自分はおまけみたいなものですよ。器じゃない」

有事の際には辺境伯軍の兵士や民兵で編制された百人の隊に指示を出す隊長格である。給料もかなりいいはずだ。

「自分のことより、ロッド殿は最近どうです？　何か、新しい功績を上げたりしましたか？」

ジェラードさんの目が輝いていた。彼は俺を過大評価している節がある。

歩くたびに何かしらの問題を解決したり奇跡を起こしたりしているのではと思われているのだが、そんな超人めいた活躍は全然ない。

「俺は、山に登っておじいさんに魔法石もらったりしてましたね、仕事で」

「平和だな」「平和ですね……」

同時に言われた。

「活躍など人に話さず、日常的に人を救っているのが真の英雄であるとも言えますが……しかしロッド殿の武勇伝を聞きたがっている兵は多いです。何かあればぜひ自分に話してもらえればと！」

ジェラードさんは力のこもった目で熱弁する。

「いや、普段仕事してるだけですけどね」

「ロッド殿はあの防衛戦以降、兵たちの中では名前が知られています。オーク防衛戦で兵の被害がごく少数にとどまったのは間違いなくロッド殿のおかげですし、いつも質のいいポーションを納品してもらっています。あらゆる外傷を治癒できるポーションがあるおかげで、兵たちはいつも万全の態勢で領邦を守れています。本当に助かっているのですよ」

「あはは……そんなこと言われたのは初めてです」

王都の隊にいたときは、それこそ体の限界までポーションを作って納品するのは普通だったし、感謝も何もされたことはなかった。俺もそれが当たり前だと思っていた。

こんなに正面きってお礼を言われるのは、なんだか照れるな。

お酒を飲みながら、おつまみの唐揚げを頬張る。普通の鳥の唐揚げだが、ジューシーで外はサクサクしていておいしい。ネギの入ったドレッシングもうっすらかかっていて、絶妙な味付けだった。

「俺のことより、ジェラードさんは隊長になってみてどうです？」

「自分は、人に指示をすることが増えましたね。むしろそれしかしてない」

「頭は使いそうですね」

「体を動かしてる方が自分の性《しょう》に合ってますので、慣れるまできついです」

「モンスター退治のときはいまだに真っ先に切り込んでいくしな」

「後ろで指示したほうがいいとわかっちゃいるんですが」

ジェラードさんの話を聞いて、がははとアララドさんは笑った。

「隊長となったら責任も生まれてくるし、面倒そうですよね」

俺が言うと……

「ううっ、くあああああっ」

ジェラードさんは頭をかかえて悶絶《もんぜつ》した。

「ジェラードさん!?」

どの言葉に反応したのか、何かよくない記憶が呼び起こされたようだ。

「何かあったんです？」

「ああ、こないだグレントが逃げたんだよ」

「グレントって、あの人さらいの？」

グレント魔法盗賊団——少し前に捕まえた人さらい集団のチンピラだ。

「辺境伯軍が監獄《かんごく》までの移送中に、一緒に捕まっていたグレントの仲間が暴れだしてな。ドサクサに紛れてグレントが逃げ出したようだ」

「信頼されてますね、あいつ。人さらいのくせに」

「カリスマってやつじゃねえか？」

アララドさんは別の用事でいなかったようだが、ジェラードさんはそこに居合わせていたそうだ。

「責任が……隊長である自分の責任が……」

ジェラードさんは苦い顔で呪文のように唱えている。

「まあ、魔法石は取り上げてあるから多少はいいだろうがな……移送を見に来ていたクリムレット卿の目の前でそれが起こったみたいだからよ……」

「辺境伯軍のメンツが立たないですね、それは」

クリムレット卿が見に来ていたのはタイミングが悪かったな。

「ああ。だから今、ジェラードたちは躍起《やっき》になって探してる」

「なるほど……それは大変ですね」

俺が言うと、ジェラードさんは無言でこくりとうなずく。ダメージでかそうだな。

アララドさんは続ける。

「お咎《とが》めは特になかったのは幸いだが、兵たちはさすがに焦るわな。だからロッドもグレントを見たら辺境伯軍に知らせるか、そのまま捕まえてくれ」

「了解です」

あの『吸い寄せ呑み込む穴《アトラクトホール》』という人さらいのための魔法石がないのであれば、多少は安心だろうか。

「我々はどうにかしてグレントを見つけ出さねばなりません。クリムレット辺境伯は『悪さしたらわかるだろうし、ほどほどでそんなに力入れないでいいよ～』と言っていますが」

言いそう。

「グレントという悪党がどれだけ小物であろうが、迅速《じんそく》に問題を解決せねば、領民の皆さんに示しがつきません」

ジェラードさんは改めて、真剣な面持ちで、しかし申し訳なさそうにして言った。

「なので、仕事の話になってしまって大変恐縮なんですが……ロッド殿にお願いが」

「なんです？」

「特定の人物を見つけて知らせてくれるような魔法道具を製作することは可能ですか？」

「……なるほど」

グレントを見つけ出せるような、誰でも使えるような魔法道具か。

俺も魔法道具は作れるが、簡単な作りのものしか経験がない。

独学なので、土壌強化ポーションの噴霧《ふんむ》装置くらいの、時間になると発動するような簡易なものが限度だ。

「サフィさんやスキアさんなら作れるかも。少し、工房で相談してみます」

……ここは、専門家の意見を聞いておきたいところだろう。

‡

　ということで後日、サフィさんやスキアさんに話をしてみた。

　サフィさんは魔法道具だろうがポーションだろうが高い品質で作れる万能さがあるし、スキアさんは自動歩兵の試作ゴーレム、アトラスを編み出した魔法道具職人である。

　グレントを探す魔法道具の製作……二人ならうってつけだろう。

「余に作れないものなどないぞ！　任せろ！」

　スキアさんは立ち上がってやかましく声を上げる。

「いいね。作ってみよう」

　さきほど、ジェラードさん経由で辺境伯軍から正式に届いた依頼書を読みながら、サフィさんもうなずく。

　ただ、締め切りが二週間ほどとかなり短い。三人がかりで取り組んだほうがよさそうだ。

　俺、サフィさん、スキアさん――書類や魔法書の置かれたテーブルに三人、顔を突き合わせて意見を出し合う。

「ベースは《探知魔法》でいいと思います」

　俺は言った。

「うむ。多少アレンジはいるかもしれんが」

椅子の背もたれに体重を預けて足を組んでいたスキアさんもうなずく。

「そうだね、ただ魔法を使うより効率のいいものを作りたいね。でも、見つけるだけ？　見つけたあとはどうするの？」

サフィさんが問う。

たしかにそうだ。俺は思案する。

「そりゃあ、そのままってわけにはいかないと思いますが……」

「ふふん、まだそんなことを考えているのか二人とも。余はそんな問題、すでに頭の中で解決済みだ」

スキアさんはしたり顔で自分の頭を指さした。

「すごい。議論しながら問題点を洗い出して対策を練っていたんですか」

「ま、余にかかればそれくらい序の口だ！」

しかしサフィさんは白い目でスキアさんを見ている。

「スキア、君、指示書に目を通してないだろ」

「余は天才だからな。そんなもの読まずともすべてお見通しなのだ」

これはだめそう。

依頼内容が書かれた紙には、どういった指定でとか期間はいつまでとか予算はいくらとか、大事なことがたくさん書いてある。まずはそれを読んでどうするか考えるのが、議論の前にやる大事なことだ。

「――うむ！」

ガタンッ！

スキアさんは勢いよく立ち上がった。

「イメージができてきたぞ」

「この短時間で？」

前言を撤回しよう。さすが魔法道具職人。

スキアさんはすでに頭の中で設計図を作り出しているようだ。指示書を読まなくても、依頼内容に応えてしまうからこそ天才なのかもしれない。

「ようはちっちゃいゴーレムみたいなのを作ればいいんだろ。楽勝だな」

「おおっ、すごいです！　俺、全然答えを見出《みいだ》せてないのに！」

「お茶でも飲んで待っているがいい！　一瞬で作ってきてやる！」

テンションが高まったスキアさんはそう言い残して《転移魔法》で自分の部屋へ移り、製作を始めた。

サフィさんは小さく肩をすくめる。

「あれ？　サフィさん、喜ばないんですか？　スキアさんが全部やってくれそうなのに」

「まあ、待ってみようか。ああなったら止まらないし」

「でも期待はできると思います」

「そう？」

「頭の中ですでにできてるって言ってたし」

「それが役に立つかどうかはわかんないんだよね、いつも」

「そうなんですか？」

この間もらった《隠匿魔法》がかかったインクを読むためのルーペなんかは、かなりすごいと思ったのだが。

「もう何年もいるのに、辺境伯領にすごい貢献《こうけん》してるわけじゃないんだよね……すぐ旅に出るし」

「いつも役に立たないものを作るから功績として認められてないってことですか？」

「そういうことだね」

「マウント取れないじゃないですか。マウント取るの好きそうなのに」

「そこ？」

作る道具はすごいと思うのだが……たしかにゴーレムとかを見てると使い勝手はあまりよくなさそうではある。

まあ、でも今回は違うかもしれないし、期待して待とう。

そういえばスキアさんはいつも、サフィさんの工房にある自分の部屋に入るのに、《転移魔法》を使う。

ゴーレムのせいで部屋の出入口が塞がってしまっていて、移動するのにいちいち《転移魔法》を使うのはどうなんだろう？

そう考えながらお茶を飲んでいると、ものの一、二時間ほどでスキアさんは戻ってきた。

「早いですね」

見ると、スキアさんは何か蜘蛛《くも》に似た多脚の魔法道具を小脇に抱えていた。小型犬くらいの大きさだろうか。

「さすが余！　そう豪語させてもらおう！」

蜘蛛らしきものの中心には、魔法石が三つ縦に並んでくっついている。一つが駆動用、一つが《探知魔法》だろう。もう一つはなんだ？

「余はこれを『試作探知兵器ルキフゲ』と名付けたぞ！」

「なんか怖そう」

「魔法石に魔力を込めれば動き出す。そしていろいろな条件を設定して探知対象を絞り込むことができる」

「そこまでの機能が」

「そして、標的を見つけたら自動で魔法を発射し殺害する」

「物騒《ぶっそう》すぎる！」

「物騒って……探すのはグレントとかいうモンスターだろ？　何を甘いこと言ってるんだ」

「犯罪者ですがモンスターではないです！」

兵器と銘打《めいう》っているだけあって、三つある魔法石の最後の一つは攻撃用らしかった。マジでちっちゃいゴーレムみたいなのを作ってくるとは思わなかった。

依頼状や仕様書はちゃんと見よう！　そういうことである。

まあしかし、ものは試しだ。

「使ってみてもいいですか？」

「うむ！」

俺はルキフゲに魔力を込めてみる。

「！」

——ズンッ。いきなり二日酔いになったかのような疲労感が体にのしかかってくる。

一気に魔力を持っていかれた感覚。

「いや、重っ！　消費魔力が大きすぎる！」

全然一般向けじゃねえ！

そして、魔力を込められた蜘蛛型の魔法道具は素早く立ち上がった。

これもゴーレムと同じで起動後に即立ち上がるのか。いや、小さいからいいけど。

ルキフゲは八本の脚をチキチキと動かして、床を移動する。しかし探す対象を設定していないので、あてもなく散歩するように歩いている。

チキチキチキチキ……八本の金属のつま先が床を叩く軽快な音がしている。

脚はちゃんと動くように作られている。短時間で作ったとは思えない精巧さだ。消費魔力が高すぎて使えないけど。

「余の十八番《おはこ》である《エーテリックストライク》を積んでいるからな。小さくても戦闘力は高い」

「もし人違いだったらどうするんですか？」

「その場合でも魔法を発射し殺害する」

「怖すぎる！　めちゃくちゃ危険じゃないですか！」

「人違いかどうかとか、そんな高度な判断をする機能はないぞ」

「殺害するほどの魔法を積むならちゃんと高度に判断させてください！」

だめだ。拘束系や攻撃系の魔法石は、使うわけにはいかない。間違いで罪のない人を殺……いや怪我させる可能性がある。もっとマイルドな作りにしなくては。

そして一般の兵士さんでも使えるよう、なるべく消費魔力を小さくなるようにしなければ。

あと複数生産することを考えて、一体の製作費を抑えなければ。かつ、正確で効率のいい捜索《そうさく》を実現するものにしなければ。

「意外と難しいな。余基準ならいくらでも作れるんだが」

顎に手を当てたスキアさんは首を傾げた。

「ああ、余基準だから、スキアさんの作るものってやたらと消費魔力の高いものばかりになるんですね？」

でも、スキアさんのおかげで課題が見えた。

「じゃあ、問題を整理して試作二号機を作ってみようか。こういうのはトライアンドエラーが基本だからね。実際作って試してみないと」

サフィさんはそう提案した。

「――作って試してみるのは同意ですが、課題解決の糸口は、だいたい見えました」

俺は答えた。

「なんだと!?」

スキアさんが驚く。

「試作してみます。……ちょっといらない紙をもらいますね」

「紙!?　紙で作るのか!?」

どうやって作るんだって顔で、スキアさんはテーブルに置いてあった指示書を手に取ってよこす。

それは使わねえよ……いや、ある意味では使うんだけどさ。

‡

逃亡したグレントを見つけ出すための自動探知装置。

その製作には少々時間を要した。完成形は見えていても、やはり試行錯誤《しこうさくご》は必要だ。集中して作っていたら、次の日になってしまった。

「ルキフゲ試作二号、完成しました」

俺はテーブルにその完成形を置いた。

サフィさんとスキアさんは、不思議そうにそのテーブルに載った物体を眺める。

「なんだこれは？」

「気球ですね」

「ききゅう？」

「はい」

スキアさんは首を傾げたままだ。

俺が作ったのは気球と呼ばれているものだ。コンセプトは、空を浮遊して探すというもの。地面から探索するのを前提にすると、地形の影響を常に受けるし、人の多いところでは効率が落ちる。その点、空からならそういった障害は少ない。

スキアさんが作った探知の魔法石をそのまま流用した。ほかには火の魔法石と光の魔法石を使っている。

軽量化のために、気球部分は紙で作り、各種魔法石は銀糸《ぎんし》で連結させた。

「空を飛んで上から探す装置になります」

「へぇ、なるほどね……」

サフィさんが感心する。

「風ではなく火の魔法石なんかで飛ぶのか？」

スキアさんは疑心暗鬼《ぎしんあんき》だ。

「詳しくはないですが……火をたいて閉じ込めた空気を温めると、上にのぼっていく力が生まれるんです。その原理を利用して浮くようにしたものになりますね。で、標的らしきものを見つけると光の魔法石が光って知らせてくれます」

「こんなんで、どうやって立ち上がらせるんだ」

「立ち上がるかどうかってそんなに重要ですか⁉」

そもそも立ち上がるための足がねえ。

「浮かせて空から探すか……よくそんな発想になったね、ロッドくん」

「遠方ですが、薄い紙で作った小さなランタンをたくさん飛ばすお祭りがあるそうなんですよ。そのランタンを少し大きくしたんです」

空を飛ぶ技術に関しては、過去にいろいろ調べたことがあるからな。

「ただ、移動は風に強く影響されます。魔法石である程度制御できると思いますけど、強風の日とかは制御不能になる危険がありますね。軽量化しているから、素材の通り防御力は紙です」

欠点はあれど、マイルドで消費魔力が少なく低コストでの生産を実現するなら、これがベストのような気がする。

「あと、記録の魔法石もつけよう。探知した映像を記録するのに役立つ」

とサフィさんは提案した。

記録の魔法石とは物や風景などを静止した像として記録できる魔法石だ。

動いている像を記録できる映像用は高いが、画像記録用は安価で手に入る。消費魔力も少ない。

たしかに、光の魔法石で知らせるよりは、映像を直接記録して戻ってくるようにしたほうが確実かもしれない。

「《エーテリックストライク》もつけろ」

スキアさんは提案するが、サフィさんが首を振った。

「それつけたらまた使い勝手下がるから却下《きゃっか》」

たぶんその魔法石のおかげで高コスト、消費魔力大になっている気がするんだが、殺意を高くする以外の工夫はできないのか。

「叩き台となる試作品は、これでよさそうだね。うんうん」

サフィさんは気球を見ながら満足そうにうなずいた。

「なるべく期限いっぱいまで詰めていこう」

「了解です。あと、予算内で余裕で作れるので、複数作って納品しましょう。コツがわかれば、作るのもそんなに大変じゃないので」

「そうだね。ただ、ギリギリまで改良はしてみよう」

サフィさんは、ワイルドで消費魔力が大きく高コストでの生産を実現した試作一号機をもったいなさそうに見つめる。

「この蜘蛛みたいなのは……捨てるかぁ」

「捨てるな！　せめて飾れ！」

スキアさんが試作一号を取り上げた。

‡

異邦近辺の森の中で、男たちは日没を待っていた。

五十人近くはいるだろう。

中心には無精髭《ぶしょうひげ》を生やした大柄な男が一人どっしりと座っている。

「今夜だ。今夜奇襲をかける。いいな？」

男が言うと、周囲にいた男たちは「ウオオオオオッ！」と雄《お》たけびを上げた。

大柄な男の隣には、グレント魔法盗賊団の首領であるグレントもいた。

辺境伯軍からどうにか逃げてきたグレントは、無法地帯である異邦周辺へと逃げ、そこを根城にしていた無法者に拾われたのだった。

無法者集団のトップにいるのは、中心に座っている大柄な男。名をヴァーノンといった。

「……本当にお前らに協力したら、捕まった俺の仲間たちを助けてくれるんだろうな？」

グレントはヴァーノンに尋ねた。

「ああ、もちろんだとも。俺たちの目的は辺境伯領の襲撃だ。どさくさに紛れて助ける事もできるだろうよ」

ヴァーノンは上機嫌にうなずく。

「その代わりしっかりと我々を手伝ってもらうぞ」

「ああ、わかってる」

「先のオーク防衛戦、防衛の要《かなめ》だったのは兵ではなく魔法工房の研究者とかいう話だそうじゃないか。であれば、まずはそこをつぶす。いの一番にな」

ヴァーノンたちがとっているのはゲリラ戦法だ。一か所に的《まと》を絞っては、奪い、破壊し、対応される前に逃走する。それが成功したら、後日今度は別の場所を同じように襲撃する。

そうやって領邦全体を穴だらけにしようというのである。襲撃の最初に選ばれたのが、ロッドやサフィたちのいる魔法工房だった。

「……サフィール魔法工房か。仲間から聞いたが、俺の盗賊団をつぶしてくれたのも、そいつらだそうだ」

とグレントは言った。

「つぶされたのは貴様らが貧弱だったからよ！」

ヴァーノンはグレントを鼻で笑う。

「たかが魔法工房の研究者なんぞ、奇襲をかけて力で押せばすぐにつぶせるわ。兵士でもあるまいに、常日頃から戦闘を仕掛けられる訓練などしているはずもなかろう」

「……あまり推奨《すいしょう》は、しない。やつらは魔法使いとしてはかなりの腕だ。悔しいが、それは認めなきゃならねえ」

「ああ!?」

ヴァーノンは立ち上がって、グレントを力任せに殴り飛ばした。

「がはっ！」

グレントは吹き飛び、太い木の幹にぶつかってようやく止まる。

周囲の男たちから嘲笑《ちょうしょう》と喝采《かっさい》が飛んだ。

「てめえ、誰に向かって口答えしてやがる」

グレントは息ができないまま、地面に突っ伏した。

「だからお前は小物なんだよ。魔法使いの強さなど前衛がいてこそ成立する。魔法使いばかりなら、魔法なぞ使う暇もなく強襲するだけだ。ちょうど工房の裏手が雑木林になっているだろうが。襲撃するにはうってつけの地形だし、この数で押せば楽勝よ。そうだろう、てめえら！」

「「「ウオオオオッ！」」」

「……で、でも、もし気づかれていたら？」

グレントはそれでも食い下がる。

「関係ないと言っているだろう。奇襲は素早くやらねば意味がないんだからな。対応しようとしている間に終わりよ。準備ができていない者なぞ、少しも恐怖じゃねえんだわ」

ヴァーノンは、立ち上がろうとしたグレントの頭を踏みつける。

「お頭《かしら》、その工房に女の研究者はいるんですかい⁉」

子分の一人が尋ねた。

「ああ！　若いのが二人いるってよ！」

ヴァーノンが大声で答えると、男たちはさらに昂揚《こうよう》する。

「殺せなんて野暮《やぼ》な命令はやめてくださいよ！」

「ああ、もちろんだ！　早い者勝ちで持っていけ！　奪えるものはすべて奪え！」

「「「ウオオオオオッ！」」」

ヴァーノンはなおもグレントの頭を踏みつけながら、彼に告げる。

「お前にも来てもらうぞ。最前線でしっかり働かなきゃ、お前の子分なぞ助けん。逆に一人ずつなぶり殺しにするからな」

「わ、わかってる……わかってるよ」

「作戦通りにやれ。お前が先駆けだ」

ヴァーノンは首からネックレスのように下げている魔法石を指でなでながら言った。

「俺とこの魔法石があればなんだってできるんだよ」

無法者集団は、日没を待ちながら高ぶり、酒を酌《く》み交《か》わす。

‡

気づけば夜になっていた。

あのあと俺、ロッドは何度か試作をし、実際に飛ばしてみて使用感を確かめながら調整し――『自動探知気球ルキフゲ』が完成した。熱中しすぎて時間を忘れてしまった感がある。最終的に一メートルほどの大きさになった。

製作した『ルキフゲ』は二種類。

一つはおおまかな情報をもとに、上空から対象と思われる候補を魔法石に記録する役割のもの。

もう一つは、その記録した像をもとに、対象を正確に探知し、光の魔法石で知らせる役割のものだ。

二段階の探知で間違いなく対象を見つけ出せる。

原理は試作品と同じで、熱気球の原理を利用し上空から捜索してくれる。設定次第では、グレント以外の犯罪者が逃亡した場合でも使えるはずだ。

辺境伯軍からの依頼なので守秘義務があるんだけど、実験中、何をしているのかと領民の人たちが集まってきて、ごまかすのに苦心してしまったのは内緒だ。

スキアさんが作った殺意が高すぎるタイプのルキフゲ試作一号はというと、サフィさんの工房に飾られている。

「あとはこれを辺境伯軍に納品すればお仕事完了だね」

サフィさんは満足そうだ。

「いえ、俺はこれ、納品の前にちゃんと使ってみたいです」

外で飛ばしはしたが、しっかり犯罪者を見つけられるかどうかは確認していない。

納品前に、使用感を見ておきたい。

「たしかにそうだけど、ぼくらが使う機会ある？」

「うーん、一般の領民に対して使うわけにはいきませんからね。俺たちでかくれんぼでもしてみますか？」

辺境伯軍に納品するから機密扱いだし、領民に使ったらストーカーになりかねない。

「ちょうどよく犯罪者が近くにいれば実験できるんだがな」

スキアさんが言った。

「いや、さすがにそんな都合よくいないですよ」

グレントもすでに遠くに逃げていたら、試しに探してみるどころではないしな……

逃亡中の犯罪者なんてそんなわらわら現れても困る。

「いっそのことサフィの工房に攻めてくれれば、余が作った一号も試せるんだがなぁ」

「あー、そうだねえ。それはいいね。工房壊れるけど。弁償してくれる？」

「金がないので、余のありがたい髪の毛を一本やろう」

「抜け毛じゃん、ただの。アダマンタイト没収」

冗談交じりの会話を聞きながら、俺は試しに描いたグレントの似顔絵を魔法石に記録させて、ルキフゲの《探知魔法》を起動してみた。

「あれ……？」

発見を知らせる光の魔法石が光った。

「サフィさん、なんかグレント探知したみたいです」

首を傾げながら報告すると、サフィさんとスキアさんは気球の周りに集まってきた。

「何これ……絵うっま」

「そうですか？　いや、そっちじゃなくて」

サフィさんは俺の描いた絵を見て感心していた。うろ覚えで描いたが、わりと再現度は高いと思っている。

スキアさんは立ち上がる。

「いい気になるなよ後輩！　余の方がうまい！　余とお絵描き対決だ！」

「対決じゃなくて、みんなでお絵描き大会でもしますか？　休みの日にでも」

「今すぐやるぞ！」

お絵描き大会は置いておいて、いまだ光の魔法石は消えない。間違いや欠陥でないとするなら……

光は、しかしうっすらとしか点《つ》いていない。

実際に空に飛ばしてみると、はっきり光るかもしれないし、間違いなら消えるだろう。

俺は窓を開けて、魔力をこめたルキフゲを空に飛ばした。

‡

今宵《こよい》は月の光が明るかった。

皆が寝静まる時間――

サフィール魔法工房の裏手の雑木林から、数十人の男たちが工房に向けて突撃した。

「行くぜおらああ！」

「奪えええ！」

ヴァーノン率いる無法者集団。異邦付近に拠点を置いている、世間からしたら度を超えた荒くれ者ども。

そんなむさ苦しい猛者《もさ》どもが、それぞれ欲望にかられた言葉を吐きながら、全力で、全速力で工房に接近する。

「なんか、上、妙に近い星がないか？　あれ、光の魔法石……？」

「んなこと気にしてられるか！」

「ロマンチックか！　夢でも見てろ！」

やいのやいの言っているが、誰もその疑問をちゃんと聞く者はいなかった。戦意が高まっている無法者に、細かいことを気にしている知能はない。

魔法の射程内まで近づくと、それぞれ持っていた魔法石を発動させた。

「炎魔法だ！」

「燃やせえええ！」

一斉に放たれる《火球《ファイアボール》》。迫る炎を――

「⁉」

突然行く手を阻むように出現した巨大な土人形が、工房に直撃する前に受け止めた。

「なるほどな！　そういうことだったか！　敵が来ていたのだな！！！」

工房の屋根の上に、長い黒髪の美少女が仁王立ちしていた。月明かりに照らされたその表情は、得意げに笑っているように見える。

「あっぶな……スキアさん、いくつか防御から漏《も》れてましたよ」

巨大な土人形の近くには、詠唱もなく、魔法石すら持たずに、《障壁》の魔法で土人形が受けきれなかった分の魔法を防いだ男がいた。

「思ったより多いねえ。試作してボツにした気球も飛ばそうか」

そして、見たこともない魔法道具に魔力を与えているエルフの少女——サフィが後ろに控《ひか》えている。

「……全員記録しきれない。ロッドくん、光の魔法で照明作って」

「あ、はい」

男——ロッドは、また無詠唱で下級魔法《光《ライト》》の魔法を発動させる。周囲を照らすだけの生活補助用の魔法である。

「やっぱり低コストで作って正解でしたね、サフィさん。量産ができるから、数に任せて広範囲をカバーできる。こういう、敵が大人数のときでも安心です」

「うん、でも、さすがに今回はちょっと間に合わなかったな……」

「もう少し使いつつ、改良の余地を探っていきますか」

「……ちょうどいい実験体がいるしねえ」

「まあ、そうですね」

ふふふと不敵に笑いながら無法者たちを見るエルフ。そしてそれに苦笑いしながらうなずく男。

「な、なんだあいつら⁉」

「すでに察知されていたのか⁉」

「なんだあの土人形は!?」

出鼻をくじかれ、立ち止まった無法者たちが戸惑う。

チキチキチキチキ……

そこに中型犬ほどもある蜘蛛型の魔法道具――ルキフゲ試作一号機がやってきた。背中にいくつか埋め込まれた魔法石がほのかに光っている。

「足元、何かいやがる!?」

「な、なんだこいつは――!?」

コオオオオオオッ。試作一号から巨大な魔法陣が展開されたかと思うと――

ゴォッ！

無属性の魔法《エーテリックストライク》が無法者たちへと放たれた。

「スキアさん、まさかマジで殺害してないですよね？」

「一応出力は抑えてるぞ」

エネルギーの塊を受け、熱で焦げた無法者たちが次々倒れる。

「ヒイッ！　魔法使いは後衛でしか使えないはずじゃ――」

ゴォッ！

さらに残った敵に、もう一撃。

「助けて――」

ゴォッ！

さらに一撃。

「降参！　降参する！　だから——」

ゴォッ！

さらに一撃。

「ひえええ！　もう悪いことしないよお！」

ゴォッ！

さらに一撃。容赦《ようしゃ》がなさすぎる。

試作一号は五回の《エーテリックストライク》を放ったのち、完全に沈黙。動かなくなった。

「魔力が切れた」

「結局これ、探して捕まえるための道具というより殺害するための道具ですよね？　いや、死んでないけど」

無法者たちは皆、痙攣《けいれん》しながら地面に突っ伏している。無法者たちが倒れている奥には、

「だ、だから手を出すなって言ったんだよ俺は！」

尻もちをついて戦意を失っているグレントがいた。

‡

襲撃しようとする者は、もういない。そもそも気絶しているか戦意を失っている。

ほとんど試作一号の手柄である。消費魔力は多いし人混みでは使えないので実用に向かないが、さすがの威力だ。降参していた者たちにも容赦なく魔法を放っていたのは、もう見ないふりしよう。

俺——ロッドはサフィさんとスキアさんと、尻もちをついているグレントに近づく。

「さすがにわざと逃がしてルキフゲに追わせるわけにはいかないし、そのまま捕まえますよ？」

「うん。そうして」

サフィさんは満足そうにうなずいた。もうルキフゲの試運転による確認は完了したとみえる。

「てめえ……！」

グレントは俺のことを思い出したのか、あとずさりしながらも俺を睨む。

「おとなしく捕まってくれ、グレント。すでにここにいる全員、逃げても自動で追跡できるようにしている。ジェラードさんの名誉のためにも、すぐに捕まったほうがいいと思う」

「誰だよジェラードって⁉」

「いや、お前らの移送の指揮とってた隊長」

「知るかよ！」

グレントは立ち上がって、走り出す。それを——

「がはっ！」

殴り飛ばした男がいた。首に魔法石を下げた大男だった。

「ふん、まあこんなものだったか」

「ヴァーノン……さん」

呆れてため息をつく大男に、殴られた頬を押さえながらグレントは苦い顔をした。

「誰だ？　グレントの仲間か？」

「仲間？　俺がこいつを使っているだけで仲間なんて関係じゃねえな。なあグレントよ」

大男――ヴァーノンがグレントに言うと、

「…………」

グレントは少し顔をそらした。

ヴァーノンは肩をすくめると、首から下げていた魔法石を発動させた。

倒れていた襲撃者たちが、ぴくりと動いた。

「てめえら！　まだ祭りは終わってねえぞ！」

ヴァーノンが仲間たちを鼓舞《こぶ》した、ように見えた。

「起きやがれクソども！」

「!?」

襲撃者たちが起き上がるが――様子がおかしい。

「「…………」」

あれだけ大騒ぎしていた襲撃者たちが、皆静まり返っている。

襲撃者たちが、静かに、腰に差していた剣を抜いた。

「何が起きている？」

何かによって操られているように見える。しかし、《精神操作》系の魔法の挙動じゃない。

「おい！　あの負傷でゴーレムの攻撃を食らったら最悪死ぬぞ！」

屋根にのぼっていたスキアさんが、地上の様子を見下ろしながら叫んだ。

そうだ。本来なら、起き上がれないほどのダメージのはずだ。

襲撃者たちが一斉に俺に襲いかかる。

「くっ！」

《障壁》の魔法を張りながら、包囲されないよう逃げる。

襲撃者は、サフィさんやゴーレムのほうにも向かう。

「なんだ、あれ……？」

と、なぜかグレントも不思議がっていた。

「グレントよ、こっちへ来い」

「？」

ヴァーノンがグレントを呼び寄せる。

そして、ヴァーノンは静かに腰の剣を抜くと――

「――え？」

仲間であるはずのグレントを切り伏せた。

「なっ⁉」

「グレント、てめえはもう用済みだ」

深く、斜め上から腰にかけて剣が入った。目を見開くグレントは血を流しながら倒れる。

「意識がないほうが都合がいいからなぁ、そのまま死んでくれ」

しかし倒れた次の瞬間には、ほかの襲撃者と同じく、起き上がってこちらへ襲いかかってくる。

大量に血を流していてもお構いなしだ。

「一体何なんだあれは!?」

本格的に何なのかわからない。

が、あのヴァーノンが魔法石で何かをしたことはわかった。

とにかく、手がかりを探ってみるしかないか……！

俺は逃げながら、収納の魔法石から新作ポーション、ディープインサイトを取り出し、

「ゴクッ」

飲み干す。

ただし、見ただけでは分析はできない。どうにか触らなければ。

剣を持って襲ってきているやつに素手で近づいて触るのは難度が高いが……

「スキアさん、サフィさん、こいつらどうにか押さえ込めますか!?　一人だけでもいいです！」

「すでにやってる」

サフィさんは《レーザーバインド》で襲撃者たちを拘束していた。

「けど――数が多すぎる」

ただ、捕まえきれないらしい。

「大丈夫です！」

俺はサフィさんのところまで駆けていき、動けなくなった襲撃者の一人に触れた。
触れた瞬間、情報が頭に流れ込んでくる。ただ、無法者の情報は流れてきてはいない。生物の情報は分析できないので、非生物のものだけだ。
判明する衣類や武器などの情報の中、首筋を触った際に出てきた情報で、気になる項目を見つけた。

【《ヘヴィ・ストリングス》の糸】
無属性魔法
使用者：ヴァーノン
品質：3／10　下級品質
性質：魔法による操り糸
特記事項：ヴァーノンの所有する魔法石《ヘヴィ・ストリングス》から伸びた魔法の糸。
これを首筋や脳に近い神経と接続することにより、対象の四肢を操ることができる。見つかりにくいよう細くして工夫されているが、それゆえに切断は容易。

さらに集中すると、空中にきらきらと細い何かが見え、それが俺の触れている男とヴァーノンが持っている魔法石をつないでいる。

「い、糸⁉　糸だ！」

「ロッドくん、何かわかったの？」

サフィさんと背中合わせで構える。操られている無法者たちに、俺たちはすでに囲まれている。

「ヴァーノンは、どうやら《ヘヴィ・ストリングス》と言われる魔法の糸で、気絶した仲間たちを操っているみたいです」

「じゃあ、その糸を切れば……」

「こいつらを止められるはずです！」

《操糸《ストリングス》》という魔法石がある。魔法石から出る糸で複数の人形を動かして劇に仕立てる芸に、よく使われる。大道芸人が使う魔法石だ。しかしその魔法石は、人間みたいな巨大で重いものを操るようにはできていない。

改造してあるのだろう。死体や気絶した人間を操るための仕様に。

「ならば話は早いな！」

スキアさんが言って、ゴーレムを動かした。

ゴーレムは、ヴァーノンではなく俺のほうに駆け寄ってくる。

「――いや、まさか」

嫌な予感が脳裏をよぎった。俺は収納の魔法石から身体強化ポーションを取り出し、急いで飲み干す。

同時に、俺の体が持ち上がる。ゴーレムが俺をつかんで振りかぶっていたのだ。

「やっぱりか！」

「行ってこい後輩！」

そのまま、ヴァーノンの方へ投擲《とうてき》される。

……魔力を補充したルキフゲを投げればよくないか？　そんな疑問が発言できないほど空中でスピードが出ていて怖い。

「うおおおおっ!?」

空中でもがきながら、俺は魔法陣を展開。

「なんだ!?」

狙うは、ヴァーノンのすぐ手前。

魔法石から伸びた糸が気絶している者を操っているのだとしたら、その根元を狙えば、糸をまとめて切断できる。

炎を放つ。

「――っ!?」

突飛な行動に、回避も防御も間に合わない様子のヴァーノン。

炎は魔法石のすぐ手前で広がり、糸をすべて燃やし尽くした。

俺はそのままヴァーノンの手前に着地。強化した力に任せて、ヴァーノンを殴り抜いた。

「がはっ！」

吹き飛んだヴァーノンは、木の幹に激しく体を打ちつける。

「ま、魔法使いは後衛で、前衛がいなけりゃ使えねえはず……」

「そんなこと誰が言ったんだ？」

そんな先入観、ザイン老師の存在一つでひっくり返るぞ。

「おめえら無事か!?」

「ロッド殿！」

ここで、アララドさんとジェラードさんが駆けつけた。ほかの辺境伯軍の兵士も一緒だ。

「た、助かりました……」

「もしかして、オレらは必要なかったか？」

そこら中に倒れる無法者たちを見て、アララドさんは言った。

「そんなわけないでしょ」

「親玉は——あいつか」

念のために俺たちを守るように武器を構える二人。

「俺はしくじっちまったのか……」

ヴァーノンに抵抗する意思はもうなさそうだが、少し様子がおかしい。

落ち込んでいるのか……いや、落ち込んでいるどころではなく、絶望して脱力しているように見える。

「……？」

アララドさんたちは武器を下ろす。

二人はヴァーノンを捕まえようと足早に近づいていく。

「だめだ！　だめなんだよ、しくじったら！」

「!?」「なんだ!?」

いきなり涙を流し、地面を叩き始めるヴァーノン。

「お前！　おとなしくしろ！」

ジェラードさんはヴァーノンが持っていた武器や魔法石を奪う。

「こいつ、なんか情緒がおかしくねえか？」

アララドさんがヴァーノンを押さえつけながら訝《いぶか》しむ。

「――！」

何か、感じる。ヴァーノンの中で、何か、魔力のようなものが大きくなっていく。

魔法石を使っているような感覚だ。

しかしヴァーノンの魔法石はすでにジェラードさんが奪っている。

「ロッドくん、あいつはディープインサイトで見られないの？」

サフィさんが俺と同じ感覚になったらしい。魔法を使う気配。焦っているのか、やや早口で俺に尋ねてきた。

「生物の解析は無理です。でも、おかしい。魔法石を使っている様子はないのに――」

「体内だ！　あいつ、体の中に魔法石を隠している！」

「たっ、体内!?」

「アララド！　ジェラード！　すぐにそいつから離れろ！」

サフィさんが叫ぶ。いつものんびりした感じとはかけ離れた剣幕だった。

「どうした？」

アララドさんが振り向く。

「あああああ！」

号泣するヴァーノンの体内で、魔力が巨大に膨《ふく》れ上がっていき——

ヴァーノンを中心として、突如、大規模な爆発が巻き起こった。

《エクスプロージョン》——炎系の上級魔法による大爆発だった。

第四章　マジッククラフト・マーケットに参加せよ！

ヴァーノンは体内に《エクスプロージョン》の魔法石を隠しており、あのときそれが発動したらしい。

なぜそんなものを体内に入れていたのだろうか……？

「そんなわけで、近くに落ちていた魔法石の破片を調べてみてくれないか？」

わざわざクリムレット卿が自らサフィさんの工房に出向き、俺にそう依頼をしてきた。

「俺が？」

「そう、君と君のディープインサイトでね」

クリムレット卿は微笑しながらうなずき、俺に黒焦げになった魔法石の破片を渡した。

「そしてズバリ聞きたい。この事件、元凶は、どこの誰か——君の見解をね」

「なるほど。了解です」

アララドさんとジェラードさんは一番近くで爆発に巻き込まれたが、二人とも生きていた。

ジェラードさんを守るようにアララドさんが立ち塞がり、アララドさんは上級魔法の爆発に耐えた。彼は普段から魔法防御のチャームを持っていた。チャームは、小さな金属の塊の魔法道具だ。

魔法石のように繰り返し使うことはできない消耗品《しょうもうひん》だが、あらかじめ魔力を込めておけば、種類に応じた効果を発揮する。

その魔法道具がダメージを軽減してくれたのだ。それでも無傷とはいかなかったが、ポーションを飲んだら傷は治った。

工房も破壊されることなく事なきを得たが、爆心地にいたヴァーノン本人は木端微塵《こっぱみじん》に吹き飛び死亡した。

「ゴクッ」

俺はディープインサイトを飲み干す。

そして集中して《エクスプロージョン》の魔法石に触れる。

【魔法石《エクスプロージョン》】
製作者：ローシュ・リトルハンド
品質：8／10　上級品質
材質：魔石、魔法術式《エクスプロージョン》
特記事項：破損のため使用不可。修復不能。
ローシュ・リトルハンドが製作した魔法石。上級魔法《エクスプロージョン》が封じられた魔法石の破片。ところどころ炭化して焦げている。
消費魔力は大きいが、それゆえに破壊力は高い。炎属性。

あらかじめ魔力を込めた上でヴァーノンの体を切り開いて埋め込み、ポーションでそのときの傷を塞いで仕掛けられた。発動すれば魔法石を中心に魔法による大爆発を引き起こす。

ヴァーノンを「襲撃に失敗したら爆発させる」と脅《おど》していたが、実際は一定時間が経過すると発動するように設定していた。

ヴァーノンの襲撃が成功しようが失敗しようが魔法を発動させ、工房を消し飛ばす計画だった。

「なっ……」

流れてきた情報を確認して、俺は言葉を失う。

たとえ無法者でもひどすぎる。はじめから自爆特攻させるために《エクスプロージョン》の魔法石を体に埋め込んでいたのか。

「わかったかい？」

いつになく真面目に、クリムレット卿が尋ねてきた。

ヴァーノンに命をかけさせ、工房を襲撃させるよう命じた仕掛け人。

「ローシュ・リトルハンド。それがこの魔法石を作った者の名です」

一緒に持ってきていた《ヘヴィ・ストリングス》と《重力》の魔法石も触ってみたが、同じ製作者だった。

リトルハンド――そいつが首謀者なのか、ただの魔法石の製作者なのかはわからない。手がかりは、名前しかない。どんな種族かも不明だ。

それに《ヘヴィ・ストリングス》とかいう魔法石……人間を意のままに操れる魔法が込められている。

《精神操作》系が使用を禁じられているように、人を操るあらゆる魔法石の使用はこの国では認められていない。《ヘヴィ・ストリングス》も当然アウトだ。倫理的な観点に加えて、領主や貴族でもない個人が、強力で従順な私兵の軍団を持てないようにするためだ。

その人口から犯罪がそれなりに多い王都でも聞いたことがない魔法石だった。

それに、若い女性の下着を盗んでいたパンツ男爵——いや、たしかヴェンヘルとかいう下着泥棒が持っていた《重力》の魔法石。これも同じ製作者で、聞いたことがない魔法石だった。

そういえば、製作者オリジナルと思われる魔法石を、俺は何度もこの辺境伯領で見てきた。

……そうだ。最初からおかしかった。

アララドさんと初めて会ったときも、聞いたことがない違法な魔法石を使う二人組の輩が現れた。

そいつらは《眠りを誘う霧《スリーピングミスト》》と呼ばれる魔法石でモンスターのハウンドグリズリーを眠らせてから、《精神操作》で操り、小さい村で盗みを働いていた。

事件自体は小さなものだったが、あんな小物があれほどの魔法石をどうやって手に入れたのだろうか？

《精神操作》は知られてはいるものの市場で出回っていないし、《眠りを誘う霧》は知らない魔法だ。

小狡《こずる》い盗みを働くほどお金がなかったくせに、魔法石を入手するためのルートと資金はどこから確保したのだろう？　洞窟《どうくつ》で暮らしていたから、自分たちで製作する設備などもなかったはずだ。

……では、もし誰かからそれらを譲り受けたとしたら？

グレント魔法盗賊団のときも、そうだった。聞いたことがない魔法石が使われていた。

《精神操作》《眠りを誘う霧》《吸い寄せ呑み込む穴》《重力》《ヘヴィ・ストリングス》……

俺が把握しているものだけでも、これだけある。この辺境伯領には、裏で違法な魔法石が出回りすぎているように感じる。異邦という無法地帯が近くにあるにしても、領内が危険にさらされるほど魔法石が出回っているなんて……意図的にバラ撒《ま》かれている可能性がちらつく。

なぜ？　無法者に魔法石を譲って、何か得をするのか？

そうだ、考えられるメリットはある。試作した魔法石の性能や使い勝手をテストできる点だ。

そう、魔法道具は、作っただけではだめなんだ。実際に使って、使用感を確認しないと。

ヴェンヘルによると、《重力》は強力すぎて負荷に耐えられず寿命を縮めるということだった。使うのに支障が出るケースがあるのだ。

どのような性能か、どのような使い心地か、自分で試したら支障が出るかもしれないから、無法者に試させていたとしたら？

そして今回、直接的に襲撃してきたのは、魔法石の調整がある程度済んだからだとしたら？

魔法石のバラ撒きをしていると思われる人物――

「そろそろ教えてほしいのだが、事件に対する君の見解はどうなんだい？」

「……ロッドくん？」

「だめだ、サフィ。こいつ聞こえてないぞ。きつけに一発殴っとくか？」

バラ撒きをしていると思われる人物……ローシュ・リトルハンド。

少なくともこの人物が主犯か、犯人の一人であることに間違いはない。このリトルハンドという人物が作った、オリジナルの魔法石が一連の事件に絡んでいるのだから。

そこでふと顔を上げると、拳を振りかぶっているスキアさんに気づき、慌てて言う。

「あっ、ちょっ、聞いてます！　聞いてますから殴らないで！」


その後、俺は考えをまとめて、クリムレット卿に話した。

「なるほど。魔法石のバラ撒きか……それはよくないね」

「本当の目的はまだはっきりわかりませんが……」

「ありがとう、君の所見は的を射ているように思う。《エクスプロージョン》の破片と《ヘヴィ・ストリングス》は置いていくから、さらに何か発見があれば報告してほしい」

「それはもちろんですが、もっと俺にできることはありますか？」

この際だ。何かやることがあれば協力したかった。

クリムレット卿はいつもどおりの笑顔になって首を横に振った。

「いや、この件はプロに任せるよ。犯人探しは辺境伯軍の仕事だ。アララドにも動いてもらう」

「……わかりました」

「そのための探知道具も作ってもらったしね」

「あー……納品前に目的のグレントは捕まりましたけどね」

ちなみに、グレントも一命をとりとめた。

「その代わりと言ってはなんだけど、もう一つ重大な任務がある。君たちにはそれをやってもらうつもりだよ」

クリムレット卿、にっこにこである。

あっ……なんか嫌な予感がする。この人が自ら頼みに来るって、もう絶対断れないやつだ。本人もそれをわかっていて、自分から頼みに来るんだろうし。

「じゅ、重大な任務、ですか？」

「そう。今日この工房に足を運んだのは、そのお願いをするためでもあった。サフィちゃんも、スキアにもお願いしたい」

それを聞いて、スキアさんはあからさまに嫌そうな顔をした。

「工房全体でことに当たれってことね？」

「そうそう」

サフィさんの質問に、クリムレット卿はうなずいた。

「およそ半月後、フーリァンで開催されるマジッククラフト・マーケット——君たちにはそれに参加してもらうよ」

「ああ、この間言ってたイベントですね？」

魔法道具の大規模な販売会で、俺たちは参加はしないが出し物でふるまうポーションの改良版を事前に作っていた。予定では、俺たちは出店はせず裏方としてポーションの改良版を作るだけだったはずだが……

「余は！　断固拒否する！」

ここに来て、スキアさんは拒否。って、あんた断るんかい。

「なぜなら個人でそのイベントに出店するつもりだからだ！　余には金がないのだ！」

スキアさんはかたくなに言った。

「前々から一般ブースの募集はされていたから仕方ないことではあるけど、掛け持ちでも構わないからお願いできないかい？　イベントがうまくいけば、その功績に応じて特別報酬くらいは用意するつもりなんだ」

「ならば乗った！　金くれるならくれるとはじめから言ってくれ！」

チョロいなあ。

「参加に不満があるわけじゃないのですが、前々から準備していたイベントに急遽サフィさんの工房が参加することになったのはなぜなんです？」

「そのほうが面白いかと思ってね」

クリムレット卿がイタズラっぽく笑った。

「せっかくロッドくんがこの辺境伯領に来て活躍してくれているんだから、こっちとしてはそれを自慢したいわけだよ」

「なるほ……ど？」

どういうこと？

「うちはこういう人材を囲っていますってアピールしたいんだ。そうしたら他国から優秀な技術者がもっとこちらに来てくれるかもしれない」

「はあ、そういう事情が」

「ということで、私と一緒に開催の挨拶を頼むよ、ロッドくん」

「はい……え？」

何？　開催の挨拶って言った？　俺が？　そんな大事なイベントの？

「えええええ⁉」

「でも普通だと面白くないから、何か研究者らしいユーモアあふれる面白い挨拶で頼むよ。私は領主という立場上節度を守って普通にやるけど」

無茶振りすぎないか⁉

「いや、それは、なんというか、ハードルが高すぎで……」

「おっけー、わかったよ。ぼくも何かアイデアを練ってみるね」

俺の代わりにサフィさんがうなずいた。この人、他人事《ひとごと》だと思って！

「あとは、ゴーレムの展示とかいいんじゃないかな。まあどんなお店にするかはサフィちゃんに任せるけど」

「なるほど、そういう感じにすればいいわけね。わかった。任せといて！」

サフィさんはかなり張り切っている。こういうの好きそうだしな。

「待ってください。俺、人前で挨拶したことなんてなくて、ですね……」

「ノリでいいよ！」

クリムレット卿はさらっと言うけど、それが一番難しいんだよ！

「大丈夫だよ、ロッドくん。ぼくがちゃんと考えてあげるから」

「ユーモアあふれる面白い挨拶を、ですか？　俺の代わりに？」

「そうそう」

へへへといやらしく笑うサフィさん。嫌な予感しかしねえ。

いや、もともと断れなかった件じゃないか。重要度が格段に増しただけで。覚悟を決めろ、俺。

謎の犯人リトルハンドと魔法石の件は少し心配だが……

そんな心配をよそに、巷では大きな事件もなく時間が過ぎていき、俺は俺でヤケクソ気味に与えられた仕事に集中して――

そして、マジッククラフト・マーケット開催の日がやってきた。

‡

辺境伯領フーリァンの入り口付近。

大規模な行商団であるアルマデウス行商団が以前テントを張っていた空間は、今度は魔法道具を売る出店のイベント会場へと様相を変えていた。

毎年開催地が変わるので、今回は開催地にちなんで『マジッククラフト・マーケットinフーリァン』という正式名称で呼ばれる。

特設されたステージもあり、時間になるとその上でクリムレット卿から開催の挨拶が始まった。

俺はというと、サフィさんの出店にいた。お店の準備もしなければならないので忙しい。

スキアさんは展示品のゴーレムに魔力を込めると、早々に自分の店へ戻っていった。

「ようロッド」

見回りをしていたアララドさんが近づいてきた。

「お前、開催の挨拶をする予定なんじゃないのか？　今話してるクリムレット卿の次だろ？」

「あ、はい。それは、えっと、大丈夫なんです」

俺は顔をそらした。

すでにクリムレット卿は壇上《だんじょう》に上がって挨拶をしている。その次が俺の挨拶になっているのだが……

「なんか、サフィがいろいろ企《たくら》んでいるとは聞いたぞ」

そうなのだ。サフィさんの企みによって直接挨拶をするというのはなくなった。その代わり、それ以上の恐ろしい事態が俺を襲うことになった。

「なんか、顔色悪くないか？」

「放っておいてください」

俺は顔をそらしながら答えた。まあ、アラドさんも間もなく理解することになるだろう。

「そういえば、リトルハンドの手がかりはどうです？」

「いや、何もつかめてねえな」

「そうですか」

アラドさんもジェラードさんも、リトルハンドの捜索に苦心していた。手がかりが名前だけというのは、探しようがないからな。

「まあ平和なのが一番だろう。今もお前らの作ったルキフゲが体内に《エクスプロージョン》の魔法石を隠している輩を探しているが、探知されてねえ」

空には、わからない程度に探知気球ルキフゲが何基か飛んでいる。人だかりで《エクスプロージョン》の自爆なんて起こったらそれこそ大惨事《だいさんじ》だ。巡回も探知もしっかりしている。

《エクスプロージョン》の魔力を情報源に探知させているのだが、どれも光ってはいないので、リトルハンドはこのイベントを狙っているわけではないのかもしれない。

リトルハンドという名前だけで犯人を探知できたらよかったのだが、それだけでは情報が足りない。

いつ、どう動くかは、今のところ不明だ。

「――では、先のオーク防衛戦にて目覚ましい活躍を見せてくれた期待の技術者、ロッド・アーヴェリス君にも開催の挨拶をしてもらおうと思う」

そんなことを考えていると、クリムレット卿の挨拶が締めくくりに入る。

「おっ、ついにロッドの挨拶か。本当にあそこに行かないでいいのか？」

「いいんです……ぶち壊したいわけじゃなくて、本当にいいんです」

「一体何をやるんだ？」

話していると、クリムレット卿が俺のことを紹介する。

「普段は魔法工房で研究者としてポーションの製作などに携わってもらっている人間の男性だ。何やら、研究者らしい挨拶をしてくれるらしいので、期待してほしい」

クリムレット卿はそう言うと、一礼してステージから下りる。拍手が起こり、その拍手もやがてやんだ。その後、誰も登壇してこないのを参加者は不思議に思った。

そのときだった。

記録の魔法石の再生によって、中空に大きく、その姿が映し出された。

女装した俺の姿が。

「ブフーッ！」

アララドさんが思わず噴き出した。

化粧をし、長い髪のかつらを被って、ヒラヒラの黒ローブととんがり帽子を身につけて、両手で杖を持っている。普段の俺の姿からかけ離れていてあまり原型がない。化粧屋さんに化粧してもらったので一見して女の子である。

その点では特定されにくいので安心だが、俺自身がとてつもなく恥ずかしい。

映し出された女の子になった俺は、恥ずかしさにややもじもじしていた。

「あー、あー」

発声練習をするも見事に女の子の声である。

古代ポーション、ローレライの活用……いや、悪用だった。ローレライの効果の一つとして、飲んだ者の声色を自由に変えられる、というのがある。

調合時の調整によって詠唱強化と誘惑効果を削《そ》ぎ落とし、変声のみに特化させた。

それによって、俺は女の子の声を手に入れた。

「こ、こんロッド～。サフィール魔法工房のロッドだよ～。みんな～一日楽しんでね～」

笑顔で手を振る俺……恥っず！

「ウォォォォ！」

お祭り気分なのか、それだけで会場中が沸いた。意外性がウケたらしい。

俺は膝から崩れた。

「な、なるほど……これは、くくっ、あれだな、ナイスアイデアだな！」

アラドさんは笑いを堪《こら》えるのに必死だった。いや、もう堪えきれてないんだけど。

「ロッドが杖《ロッド》持ってるのも感慨深いな！　よくやったぜ本当！　がはは！」

褒められてもまったく嬉しくねえ！

「…………」

「まあ、なんつうかよ、気を落とすな。参加者全員の思い出に今の姿が刻まれただろうがな……くくくっ」

「くううう！」

「もうお嫁に行けないってか？」

「やかましいわ！」

悶絶する俺とは対照的に、サフィさんは得意げだった。

「これだけの巨大な像を映し出し、男なのに女に見え、声も女のように聞こえるという、総合的にかなり高度な魔法技術をアピールする――やはりぼくの企み、いや、提案は間違っていなかったね！」

この諸悪の根源の言葉である。こう言っているけど絶対に自分が面白かったからやっただけだろう。

「そうですね、サフィさんの悪ふざけ、いや、協力があってこそですね。覚えてろよ畜生」

こうして、とくに大きな事件も起きないままに、イベントは始まった。

俺の大仕事は終わったとはいえ、このイベントの間、お店を出すという仕事は残っている。

「まあ、ぼくらはスポット参戦みたいなものだから、お店のほうはてきとうにやるよ」

サフィさんは言った。

「あ、はい」

俺たちのお店は、基本的に俺たちが作った味付きのすごくいいポーション――通称ハイポーションの試飲ができるスペースになっている。

あとはおまけとしてゴーレムやルキフゲ試作一号、巨大なアダマンタイトの塊の展示に、女魔法使いの格好をした俺が公式ブースの情報を喋るという映像が流れる魔法石がある。

つまり、ものは売らない。

珍しいものを置いて、買い手をこの公式スペースに呼び込むのが主な狙いである。

「今さらですが、何も売らなくていいんですか？　なんか、ほかの辺境伯領公式のお店はみんな張り切ってますが……」

かなりの場所をとっている公式ブースのスペースには、辺境伯軍や、ほかの魔法工房の人たちのお店もある。

特別報酬が出るとのことでみんな殺気立つほどに張り切っている。

「いいの。ぼくらが本気を出したらもちろん売上は辺境伯傘下《さんか》ではトップになるだろうけど、半月前に突然参加表明したぽっと出のやつらが売上全部かっさらっていったら、さすがに印象悪いでしょ？」

サフィさんが言うと、近くのお店にいた臣下の人たちがギラついた目でこちらを睨んできた。

サフィさん、周りに聞こえてますよ。悪気はないんだろうけど。

「周りに聞こえてるぞサフィ」

アララドさんも俺と同じツッコミを入れている。

「……えっと、具体的に、俺は何をすればいいです？」

「とくにないかな。座って試飲ポーションが切れたら補充するだけだからぼくだけでも足りるし、もし手が足りなければ呼ぶから、そのときは追加のポーションを作ってもらうよ」

サフィさんの出店の後ろにはテントがあり、そこに俺たちが普段仕事で使っている道具を持ってきている。簡易な製作スペースだ。試飲のポーションが足りなくなれば、材料の足りる限り追加を現地で作れるようにしていた。

「わかりました。そのときは呼んでください」

「むしろさっきの女魔法使いの格好で会場中練り歩いてくれたほうが、イベントが盛り上がると思うよ」

「それは拒否しますが」

アララドさんがそろそろ巡回に戻るらしく、「じゃあな！」と店をあとにした。

「それに今日は助っ人を呼んでるから、ロッドくんは基本自由でいいよ」

とサフィさんは言った。

「助っ人？」

「あれ」

サフィさんはちょうど来たらしい人物を指差す。

「ロ、ロッドくん、サフィール……やあ、久しぶり」

ウェルトランさんだった。

しかし妙に気分が悪そうである。

「ウェルトランさんが助っ人なんですか？」

「ああ、まあ、なんかてきとうにお店手伝ってってサフィールに言われたから来たよ」

「そうなんですか」

妹思いだよな、ウェルトランさん。しかし体調がすぐれない様子である。

「どうしたんですか？　なんだか顔色が悪いですが」

「ああ、聞いてくれよ。みんな、このイベントのことを『マクマ』って言うんだ。マジッククラフト・マーケットinフーリァンのことをだよ!?　マクマって……略すんだよ……！」

なんだ、いつもの発作か。

ていうか、ほかのエルフ族はそんなにダメージなさそうに見えるけど。みんな適応してない？

「せっかくだから、お店を回ってきなよ。いろいろ勉強になるよ」

たしかに、ほかの魔法使いがどんなものを作っているのか気になるな。サフィさんが言うなら、お言葉に甘えよう。

「なんか差し入れになるものが売ってれば買ってきますよ」

「よろしくね……あ、でもその前にゴーレムに損壊箇所がないか最終確認してくれる？　たぶん大丈夫だとは思うんだけど」

「わかりました」

俺はディープインサイトを取り出し、

「ゴクッ」

飲み干して、ゴーレムに触れて集中する。

「損壊箇所およびがもろくなっている箇所なし」

解析結果を報告。

「便利だね、それ」

ウェルトランさんが感心していた。

「ちなみに、この粘土を塗《ぬ》りたくるという意味のない行為を続ける意味はあるんでしょうか?」

「ないよね」

サフィさんは即答した。

「しいて言うなら、すっぴんで出歩きたくない乙女心《おとめごころ》?」

「開催の挨拶で乙女になってみましたが、全く理解できないですね」

ゴーレムに乙女心とかないだろ。まあ、スキアさんが好きでやっているから口出しは無用だろうか。

サフィさんたちに再度お礼を言って、マジッククラフト・マーケットに繰り出した。


俺は一人、マジッククラフト・マーケットのお店のあるスペースを練り歩く。

出店も参加客も多く、会場は賑わっている。

参加客の種類は様々で、肌が赤かったり、魚のような見た目だったり……遠方から来ている人たちもいるため、見たことがない種族もいる。

「あれ……? あの男の子、開催の挨拶してたロッドちゃんに似てる……?」

「そんなわけないだろ、あんなかわいい女の子が男の子なわけない」

「でもクリムレット辺境伯はロッドちゃんのことを男と言っていたよな？」

「ジョークだろ？」

通りすがる人に見られ、ひそひそと話されているのを聞いて、俺はさっと顔をそらした。

なんだか、変な意味で有名人になったかもしれない。嫌すぎる。

「こんにちは！　やっと見つけました！」

急に話しかけられて、びくりとなる。

逃げようとしたけど、知っている声だった。メリアである。

「メリアも参加してたんだ」

「はい！」

「見つけたって、俺を探してたの？」

「もちろんです！」

そう言うなり、メリアは俺の腕をつかんだ。

「どうしたの？」

「ロッドさん！　これからやることはわかってますね！」

「え？　何？」

「わたしとお店を練り歩くんです！」

「……ああ、なるほど」

そういえば最近かまってなかったから寂《さび》しかったのだろうか。

「では行きましょう！」

有無を言わさず、メリアは出店を回るため歩き出した。

元気いっぱいに俺の手を握る。

「ごきげんだね」

「はい！　こういうの久しぶりですから！」

歩いていると、スキアさんの出店を見つけた。

「スキアさんの店だ」

「行ってみましょう！」

メリアはノリノリである。お祭りだから楽しいんだろうな。

スキアさんの出品は一点ものだった。

薄利多売を一切捨て、何やら巨大な鉄の塊が一体、スキアさんの後ろに控えている。

「お前ら！　買ってけ！」

見ると、《エーテリックストライク》の魔法石を搭載した自走式砲台だった。車輪が三つついており、中心に魔法を発射するための大きな筒《つつ》がある。

「絶対に標的を撃ち抜く自走式砲台、その名も『アスモダイ』！」

殺意の塊でしかないその魔法道具、お値段なんと二千万リード。

「いや、買えるわけないでしょ……」

「なぜだ？　いいものだぞ？」

そもそもそんな大金用意してる人いないだろ……

ていうか、移動手段と姿が変わっただけで中身はゴーレムとそんなに変わらないような気がする。

これクリムレット卿に怒られないのか？

「ちょっと運営に相談しましょう。《エクスプロージョン》の自爆テロが許されなくて、高威力の魔法を搭載した兵器の売買が許されてるのはなんかおかしい」

「馬鹿！　やめろ！　いいか！　もの作りはな、自由な発想が大事なんだ！　どんな道具も使う者次第！　悪いのは《エクスプロージョン》ではなく、テロとその首謀者だ！　魔法道具そのものは悪くない！　規制は悪だ！」

スキアさんは突然立ち上がって、慌てたように主張する。

「わかるようなわからないような……」

「冒険者らしいやつらがわりと見に来てくれるんだ！　値段見てげんなりして帰っていくが」

だろうなぁ。

押し売りされそうなので、俺たちはスキアさんのお店から離れる。少し行くと、また見知った人のお店に出くわす。

「これはこれはメリア様にロッド様ではないですか！」

浅黒い肌にピアス、三白眼で人相の悪い男……商人のユーゼフさんである。

魔法石を売っているらしく、売り子の後ろに控えている。

しかしやはりというかなんというか、しっかりメリアのこともご存知だったらしい。

「ユーゼフさん。アルマデウス行商団も参加してたんですか」

「それはもう、稼ぎ時ですから！　ただ、スペースに制限がありますが」

品を見ると、無難な魔法石のラインナップである。

「冒険者様用に、生活用に、さまざまな魔法石を揃えておりますよ！　機会があればぜひ！」

ユーゼフさんのお店から離れる。

周囲を見回すと、ジェラードさんが見回りをしていた。ちゃんと兵士の格好である。

「!?」

そしてなぜか傍らには、下着泥棒のヴェンヘルと盗賊のグレントを連れていた。

なぜ今まで捕まえた犯罪者たちをはべらせて一緒に見回りをしているのだろう。謎である。

「おや、メリア様に、ロッド殿！」

ジェラードさんは俺たちに気づくと、二人を連れて近づいてくる。

「なぜその二人がここに？」

「久しぶりだな我が友。犯罪者の臭いは、犯罪者に嗅ぎ分けさせるという、クリムレット卿からのご指示でね」

俺の質問に、ヴェンヘルがすまし顔で答えた。

「お前が言うな！」

ジェラードさんはヴェンヘルに怒ってから答える。

「リトルハンドはおそらく金で人を雇って、こいつらに魔法石を配っていました。こいつらに魔法石を渡した使いの者は、彼らしか会ったことがない。だから彼らに報酬を与えて手がかりを探させようというクリムレット卿のご意思なんです」

「な、なるほど。使えるものは敵でも、ですか」

巨悪をつぶすために小さな悪を許すわけか。すごい考えだ。

「どなたですか？」

メリアが首を傾げたので、俺はなるべくヴェンヘルとの間に入って言った。

「メリアはまだ知らなくていいんだよ」

ヴェンヘルは、整えられた自身の髭をなでた。

「お嬢さん、いらないパンツはあるかな？　あれば私にゴフッ」

言い切る前に、ジェラードさんの拳がヴェンヘルの顔にめり込んだ。

「よく協力を仰げましたね」

俺がジェラードさんに言うと、ヴェンヘルがうなずいた。

「……私は辺境伯軍に協力する見返りに女性の下着がほしいと頼んだのだが、却下されてしまってね」

「当たり前だ！」

「しかしクリムレット卿の『愛し合える女性が見つかったなら、下着がほしいというあなたのお願いも聞いてくれるはずだよ』というお言葉に心を打たれたのである」

「それ、下着泥棒という犯罪に手を染める前に最初に考えるやつだろ……！」

「そのため、まずは辺境伯軍の兵になることと、お見合いしてくれる女性を紹介してくれることを条件に協力させてもらった。彼はとても寛大《かんだい》で、仕える価値のある人物である」

クリムレット卿もなんでこいつに協力してもらおうと思ったんだ。

考えていると、ジェラードさんが補足してくれる。

「魔法の才能がずば抜けて高いんです。彼にしか《重力》の魔法石を扱えないので、悔しいですが戦力になるんですよ」

「そんなにすごかったんですか。変態のくせに」

いや、たしかにこいつは強かった。作戦なしで真っ向から戦ったなら、こいつにはかなわなかっただろう。

しかし彼が辺境伯軍に入るとなると、ジェラードさんの頭痛の種になりそうだな。

「俺は、これでテロリスト捕獲に協力できれば、恩赦《おんしゃ》で仲間たちを解放してくれるって言われたからよ……それに、仲間全員が生活できるだけの職を斡旋《あっせん》してくれるって言うから」

グレントのほうは少しはまともだった。

「大変ですね、ジェラードさん。変態を二人も連れて……」

「俺は変態じゃねえ！」

抗議するグレントを黙らせながら、ジェラードさんたちは去っていく。

「おにいさん……！　こんにちは」

今度は意外な人物のお店に出くわして、俺は面食らった。

「シーシュちゃんも参加してたんだ」

「はい……その、人混みはすごく苦手なんですが、農場の経営の助けになるかと思って……」

しかも売っているのは手のひらサイズくらいのぬいぐるみだった。そういえば、裁縫が趣味って言っていたな。しかしこれは魔法道具なのだろうか？

「かわいいです！」

メリアはきれいに並べられたぬいぐるみを見て、目を輝かせた。

「よくできたぬいぐるみだね。見たことない生物だけど」

というか、かわいくデフォルメされてはいるが、どれもなんだか禍々《まがまが》しいモンスターなのだが。

「これは、その、異邦のモンスターをぬいぐるみにしました」

「ああ、どうりで」

忘れがちだが、この気弱そうな女の子はあの恐ろしいモンスターの宝庫である異邦の中から来たのである。

今まで相当禍々しいモンスターを見てきたらしい。

「でも、見た目は完全にぬいぐるみだけど、魔法道具なの？」

「はい。一度だけ攻撃魔法を反射するお守り『リフレクト・チャーム』を中に仕込んでいます」

「そんなもの作れるの!?」

魔法を反射するなんて凄まじい効果のチャームは聞いたことがない。

「すごいね……」

「いえっ、私の力で作るチャームなので、反射できる魔法はたかが知れています。魔眼とか、直接相手を呪う魔法には効果ないですし、魔力のない物理攻撃にも効果はないですし……こんなの異邦じゃゴミ同然で、本当にただのお守り代わりなんです」

「お守りのレベルが異邦とこっちじゃ雲泥《うんでい》の差なんだけど……」

ぬいぐるみというのがシーシュちゃんらしいけど、なぜデザインを農場の家畜とかにしなかったのか。犬とかのほうが需要ありそうだが。

「わあ……」

メリアはそのぬいぐるみに魅了されたらしく、ずっと並べられたモンスターに釘付けになっている。

「一つ買ってあげようか」

「いいんですか⁉」

そんなほしそうな顔されたらね……

金属と樹木が混ざりあったような不定形のモンスターのぬいぐるみを購入した。

このデザインの現実の姿を想像してしまうと怖いのでやめておく。

「ありがとうございます！　大事にします！」

「うん、肌身はなさず持っているんだよ？」

身を守るための方法が一つ増えたと考えよう。本人はチャームとは思っていなさそうだが。

「じゃ、がんばってね、シーシュちゃん」

「ありがとうございます！　また今度、二人で遊びましょう！」

そうして振り返って進もうとしたとき――

「おっと」

どんっ、と歩いていた人に派手にぶつかってしまう。

「あっ、すみません！」

お互いよろめき、転びそうになるのをこらえる。

「いやいや、こちらもうっかりしていた。こちらこそすまないね」

黒髪の、三十代前半くらいの男の人だった。眼鏡をかけている、優しげな顔をした男性である。

男性は、よろめいた拍子に手帳を落としていた。

「手帳、落とされましたよ」

俺はすかさず拾って、男性に差し出す。

「ああ、すまないね。重ねてうっかりしていたようだ」

そのとき――

「！」

まだ、さきほどゴーレムの状態を確認したときに飲んだディープインサイトの効果が残っていたらしい。

手帳の内容が、頭の中に流れてきた。

【リトルハンドの手記】
製作者：ローシュ・リトルハンド
品質：5／10　通常品質
材質：紙、紐《ひも》、インク
特記事項：ローシュ・リトルハンド所有の手帳。紙束に穴を空け、細い紐でくくっただけの簡素な作り。
メモ帳はよく使うため、間に合わせの紙などでリトルハンドが簡単に自作する。
主に覚え書き（メモ）や魔法石のアイデアをここに書き記している。
走り書きで筆跡が汚いため、詳細は他人には解読できない。

解読可能な書き込みから予想される主な内容
・魔法石《吸い寄せ呑み込む穴》《重力》《ヘヴィ・ストリングス》に関するアイデア
・長距離法撃兵器『バハインドゲイザー』に関するアイデア
・辺境伯居館の書庫には何がある？　予想一覧
・ロウレンス・クリムレットといかに取引をするか
　↓初手はイベント会場の攻撃か。

「！」

内容を理解すると、手帳を持つ手に力が入った。

リトルハンド……こいつが⁉

「……何か？」

男は手帳を受け取ろうとしている。

変に思われるとまずい。俺はそのまま男に手帳を渡す。

「いえ……あの、あなたの手帳なんですか？　ずいぶん使い古していますが」

「ああ、そうなんだよ。私は魔法の研究をしていてね、アイデアはこうしていつも持ち運んでいる手帳に書くようにしているんだ」

「俺も研究者なのでわかります。あとで書こうとすると忘れちゃいそうになるので」

「そうそう！　そうなんだよ！　天才ならずっと覚えていられるんだろうけどね、私はメモがないと無理だね。そしてアイデアを精査したり整理したりするには、アウトプットが必要不可欠だ。メモ帳は私にとって最適解なんだよ」

「そう思います」

「あれ？　君、もしかして……」

「……⁉」

「辺境伯の次に開催の挨拶してた女の子に似てるね？」

「あ、まあ、よく言われますね……」

「でも声が違うね。もしかして家族にいるのかい？」

「いえ、赤の他人です」

ただ落ちていた手帳を拾っただけという可能性もあったが、話していてそうじゃないとわかった。

間違いない。

こいつが、ローシュ・リトルハンド……辺境伯領に違法な魔法石をバラ撒いていた、張本人だ。

「では、これで」

リトルハンドと思われる人物は、俺たちの前から立ち去る。

「………………」

焦りながら、それを見送る。

今アクションを起こすのはだめだ。ここにはメリアがいるし、無関係の人もたくさんいる。

俺が騒げば、自棄《やけ》になって何をするかわからない。

かといって、このまま手をこまねいているわけにはいかない。

今のところ、体内に《エクスプロージョン》の魔法石を抱えた者は見つかっていない。

リトルハンドの手帳には、クリムレット卿と取引をすると書いてあった。

初手は、イベント会場の攻撃——つまりなんらかの方法でここにいる参加者を人質にして、クリムレット卿に取引を持ちかける気である。

なんの取引かはわからないけど、大勢の命が危険にさらされる事態だけは避けたい。

「メリア」

「はい？」

「ちょっと、ここでシーシュちゃんと一緒にいてほしいんだけど」

「どうしたんです？」

「えっと……トイレ、かな」

俺は苦笑いしながら答えた。

「トイレですか」

「お腹がとても痛いんだ。待っていてほしい」

「わかりました！　いくらでもおトイレに行ってください！」

メリアは屈託《くったく》なくうなずいた。

「必ず戻るよ。でも、ごめん、時間かかるかも」

「すごい爆弾を抱えてるんですね」

「そ、そうだね」

事情を知らないとはいえ、もっと言い方なかったのか俺。

「……シーシュちゃん」

「はい？」

「メリアを頼む……それに、ちょっと頼みたいことが」

シーシュちゃんに頼るのも申し訳ないけど、なりふり構ってはいられない。

俺はメリアに聞こえないようにシーシュちゃんに耳打ちして、メリアを守ってくれるよう頼む。

「……たぶん、大丈夫だと思います！」

「ありがとう」

「お気をつけて。でも、命が危ないときは逃げてくださいね」

「うん」

そうは言ったけど、保証はできないな。

シーシュちゃんにメリアを預けて、俺はリトルハンドを追う。

探知気球ルキフゲも使うけど、俺自身も《探知魔法》を使いながら探るしかない。

探知したときに手遅れだとまずい。リアルタイムで、行動を止めないと！


昼が過ぎ、日が傾いてきた。マジッククラフト・マーケットは閉会時間までの折り返しをすぎたあたりだろう。

俺はジェラードさんたちと異邦の入り口近くを歩いていた。

リトルハンドを追おうとしたときに会場にいたので、声をかけ、助けを求めたのだ。

ヴェンヘルとグレントも一緒である。

「気球は――異邦のほうを示していますね」

ジェラードさんが、先行する探知気球ルキフゲを見上げながらつぶやいた。

会場では、ジェラードさんから辺境伯軍へ情報が伝えられた。

辺境伯軍の連絡系統はしっかりしている。イベント本部に併設する形でリトルハンド対策本部がすでにあり、速《すみ》やかに情報が軍に広まった。

クリムレット卿はこのことを予見して、策をすでに立てていた。

テロが起こったときのための指示は、あらかじめ決められていたのだ。

ただし、主力のほとんどはイベントを楽しみに来た人々を守るために使われる。

そして、イベントの来場客には、まだテロのおそれがあることは伝えられていない。

「まずは我々で真偽《しんぎ》を確かめます。リトルハンドが動くのであれば、主力をある程度リトルハンド討伐に投入します」

「テロの真偽を確かめるまでは、下手に人々に呼びかけるわけにはいかないということですね？」

俺の問いに、ジェラードさんはうなずいた。

「ええ、混乱を招けば、さらに人の命が失われる可能性があります。クリムレット辺境伯は、問題など何も起こらなかったかのようにしたいみたいです」

リトルハンドの手記によれば、やつはイベントの参加者を人質にクリムレット卿となんらかの取引を行いたいらしいが……

「リトルハンドは、何を取引したいんだろう？」

「見当もつきませんが……」

首を傾げるジェラードさんの横で、ヴェンヘルが聡明そうな口調でつぶやいた。

「クリムレット卿なら、心当たりがあるのでは？」

「いや、無理難題を要求するつもりじゃねえのか？　土地とか金とかよ」

横でグレントが言った。たしかにどちらもありえる。

「これから、本人に直接聞いたほうが早いですね」

「ですね……」

すると突如、閃光が目の前を走り、空を飛んでいた気球が爆裂、粉々に砕け散った。

「！」

「気づかれたか⁉」

軽量化、量産化できたかわりに耐久力に難があるルキフゲは、魔法などで攻撃されればひとたまりもない。

もっとも、こういうときのために《探知魔法》が使える俺もついてきたわけだが……

敵もそう簡単にたどり着かせてくれないらしい。

ルキフゲが撃墜《げきつい》されてすぐに、森の中から、ガラの悪い男たちがぞろぞろと現れた。

「《探知魔法》は特別な魔法じゃない。相手にも使われたか……」

盗賊団などを金で雇ったのだろう。十数人の男たちに、すぐに囲まれる。

「……当然、入っているんでしょうなあ」

「体内に《エクスプロージョン》の魔法石が……」

ジェラードさんと俺は構えた。

「どうせ本人たちはわかってねえだろうがな」

グレントが吐き捨てるように言った。

「ロッド殿、ご用心を。いざとなったら、自分が盾になります」

「大丈夫です、ジェラードさん。戦えますから」

「しかし……数が多すぎる。それに、体内の魔法石をどうにかしないと我々全員無事ではすみません」

四方を囲まれた。不意をつかれないようこちらは背中を合わせながら構える。

おそらくリトルハンドがけしかけた敵。

俺たちを本気で阻止したいということは、やはり何かするつもりだろう。

「野郎ども、やっちまえ！」

盗賊の一人が号令をかける。

「ぎゃあああっ！」

襲われる前に、背後の盗賊が倒れた。

「がははっ。すまねえな、来るのが遅れちまった！」

アララドさんが、大太刀を抜いて盗賊を斬っていた。

「アララドさん！　クリムレット卿は大丈夫なんですか!?」

「ああ、加勢するよう言われてな」

アララドさんが、俺たちを守るように立って大太刀を構えた。

「さっさと行け！」

「ありがとうございます！　でも、体内にある魔法石への対処は⁉」

「心配すんな」

アララドさんが収納の魔法石を指差した。

「こんなこともあろうかと、お前の作ったポーションをしこたま持ってきた。生きたまま敵の体を刻んで死ぬ前に魔法石を取り出して、ポーションで刻んだ傷を回復させれば犠牲者なく解決だ」

「こわっ！　なんですかその力技！」

「だから早く行け！　行ってテロリストを止めてこい！」

身の毛のよだつ解決方法だが、爆発前にそれをやればたしかに誰も死ななくて済む。いや、やっぱり怖い。心配しかない。

アララドさんは盗賊を斬りながら食い止める。その声に押されて、俺たちは前へと進む。振り返らない方が……よさそうだな、これは。

アララドさんなら、盗賊相手が何人いてもおそらく問題はないだろう。倒したら、あとを追ってきてくれるはずだ。

俺とジェラードさん、それに犯罪者にして協力者――グレントとヴェンヘルは、ともに山道を進んでいく。

奥へ奥へと行くと、樹木や周りのものがどんどん巨大になっていく。

俺はぞくりとする感覚に見舞われた。

異邦――その入り口に近づいてきたのだ。

「だいぶ奥へ来ましたが……」

ジェラードさんはつぶやいた。

先ほど道案内をするルキフゲが撃墜された。その魔法の発射地点と思われる場所に近づいていることがわかる。

周囲を警戒しながら進んでいると、

「前を見たまえ」

ヴェンヘルが、前方を指差して言った。

「あれは、家ではないかな？」

前方には、三階建てほどの窓のない巨大な一軒家がぽつんとあった。

「マジかよ」

「こ、こんなモンスターだらけのところに、家……？　異邦の民以外でこんなところに住める人間がいるとは思えませんが……」

グレントとジェラードさんは唖然《あぜん》とする。

ずいぶんでかいな。

「むしろ異邦だから今まで隠れ住むことができていたのかもしれません。問題は、おそらく犯人はあの中にいるかもしれないということです」

たしかに異様ではあるが、さらに奥にはエクスフロントとかいう集落も存在できているからなあ。

俺は《探知魔法》を使う。それですぐにわかる。ローシュ・リトルハンドは、確実にあの中にいる。

「中にいるのがわかるなら建物ごと吹き飛ばしゃあいいんじゃねえか？」

グレントが言ったが、ジェラードさんは首を振る。

「うーん、たしかにそうだが、うかつに攻撃するのも短絡的のような気も……」

どうすればいいかと立ち止まったとき、入り口の扉がゆっくり開いた。

「！」

そこから、眼鏡をかけた三十代ほどの男――ローシュ・リトルハンドが出てくる。

……ルキフゲが撃破されたため、俺たちが接近するのは勘づいていたはずだ。それでも逃げなかったのは、待ち構えていたからだ。たぶん、俺たちを始末するために。

「……！」

扉が開いた際に家の中が垣間見えて、俺は寒気がした。

中は、本棚のある壁と、何か金属の塊のようなものが見えた。

家の中は、おそらく工房になっている。魔法使いが、研究や製作などをする場所だ。

リトルハンドは魔法道具のような何かを作っていたことがわかる。得体のしれない、巨大な金属の塊。

「いやあ、さすがに勘づかれるとは思ってもみなかった」

リトルハンドはやさしげな顔のままで苦笑した。

「君、マジッククラフト・マーケットで私とぶつかった子だね？」

リトルハンドは、俺を見て問う。

「そうだ」

「サフィール魔法工房所属のロッド・アーヴェリス。君か。実際はもっと女の子っぽいと思っていた」

それはオープニングの映像にイメージを引っ張られすぎだ。

「君が私の手帳を拾ってくれたとき、中身を見たようには見えなかったが……何かしたかな？」

鋭い目線が飛ぶ。俺が黙っていると、ジェラードさんは剣を構えた。

「お話はあとでゆっくりしてやる。テロリスト、ローシュ・リトルハンド。おとなしく捕まってもらうぞ」

グレントとヴェンヘルが、ジェラードさんより前に出て構え、魔法陣を展開した。リトルハンドを捕まえられれば恩赦が与えられる。二人はすぐにでも戦おうという姿勢である。

「テロリスト？　テロリストではないよ、私は」

「テロリストだろう！　お前が盗賊たちを使って、フーリァンを襲撃していたことはわかっている！　そして今回のイベントも……！」

そのとき、グレントとヴェンヘルが突然倒れた。

「なっ、なんだ!?」

地面に突っ伏した二人を見て、戸惑うジェラードさん。

俺は気づいて、

「──《ブレス》！」

魔法で突風を吹かせた。

あたりに充満していた魔法の霧《きり》を吹き飛ばす。そういえば、こいつの作った魔法石だったんだ。

大型のモンスターをも眠らせる霧を生み出す魔法。

「《眠りを誘う霧》か!?」

ジェラードさんも遅れて退く。

俺はうなずいた。グレントとヴェンヘルは、一瞬で眠らされたんだ。

「私はテロリストではない。研究者だ」

リトルハンドは笑いながら言った。

「この通り、魔法石のね」

突然、けたたましい音を立てて、リトルハンドの背後──一軒家の壁が破壊された。

「！」

中にいた金属の塊のアームらしき部位によって、一撃で壁が破砕されたとわかった。

それは長大な砲塔を備えた、自律式の巨大な魔法道具だった。

「こっ、これは!?」

でかい。リトルハンドの家は、こいつをまるまる入れるための格納庫だったらしい。

「私が逃げなかったのは、君たち邪魔者を消すためと、この超長距離法撃兵器『バハインドゲイザー』の試運転をするためだ」

バハインドゲイザー――リトルハンドの手記にその内容があった。そして、手記の中にあったもう一つの内容を俺は思い出す。

「逃げてもいいよ」

とリトルハンドは俺たちに言った。

「巻き添えを食うのはごめんだろう。逃げるのなら無理に追わない。私はあくまで、私の目的を優先するだけだからね」

「誰が逃げるか！」

ジェラードさんはバハインドゲイザーを見上げながら、剣を構え直す。

そうだ。俺も一歩前に出て、《火《ファイア》》の魔法陣を展開する。

「……これが取引の道具か」

俺が問うと、リトルハンドは首肯した。

「そういうことだ。これに魔力を補充すれば、魔法による長距離攻撃を行える。ここから辺境伯領のどこかを狙い撃てるくらいの威力でね。領民すべてを人質にできるというわけさ」

「クリムレット卿と、何を取引するつもりだ」

「誰と取引しようとしているかも見透かしておいて、なんの取引をしようとしているかはわからないのかい？」

「…………」

「どんな魔法を使ってそのことを知ったんだい？　しかも私に勘づかれずに。気になるね。拷問《ごうもん》してでも聞き出したいくらいだよ」

俺が答えないとわかっているのだろう。返答を聞かずに、リトルハンドは肩をすくめた。

「まあいい。手始めにイベントに来ている参加者たちをここから無差別に狙撃する。まず威力を見せないと、脅しにならないからね」

「させるか！」

ジェラードさんは間合いを詰め、リトルハンドに剣を振るう。リトルハンドは、《障壁》の魔法石で剣を止めた。やつは、笑っていた。

「そうだ。君たちは逃げない。いったん距離を取ることもしない。私がそう誘導したからね。だから、私の思い通りになるしかなくなった！」

リトルハンドの目の前に、黒い穴が出現していた。それはジェラードさんや俺を呑み込むように吸い寄せ始める。

「！」

「これは……《吸い寄せ呑み込む穴》か!?」

グレントが人さらいをしようとしたときに使おうとしていた魔法石だった。それが、すでに発動していた。

……立ち向かおうとしているときに「逃げてもいい」と挑発すれば、普通は「誰が逃げるか」と否定するだろう。

自分で否定させて、敵から離れるという選択肢を選びにくくさせる。リトルハンドは、間合いを取るという自分に都合の悪い行動を制限するために、言葉で俺たちを誘導していた。引きつけて、魔法の間合いに入らせ、捕らえるために。

「バハインドゲイザーを動かすためには大量の魔力が必要でね。私だけでは補いきれない。だからこの魔法石で捕らえた者の魔力を活用する方法を思いついた！《吸い寄せ呑み込む穴》はすでにバハインドゲイザーに搭載されている。魔力を与えた私以外を取り込むように、すでにできているんだよ！」

眠り込んでいたグレントとヴェンヘルが一瞬で吸い込まれた。

間髪《かんはつ》入れず、一番近くにいたジェラードさんも吸い込まれる。

「うおおおお!?」

吸い込もうとする穴に、俺は踏ん張って耐える。

「バハインドゲイザーは、この世に魔力を持った者がいる限り吸い込んで、自動で魔力源を補給する。半永久機関なんだよ、これは！」

「くうううっ！」

突風の魔法《ブレス》を自分にぶつけ、反動で間合いから遠ざかる。しかしそれ以外、何もできない。

リトルハンドがバハインドゲイザーに乗り込んだ。超重量であるはずのバハインドゲイザーが、宙に浮かび上がっていく。《重力》の魔法石の効果だろう。

「そこで何もできず見ていたまえ」

身体がだるくなってきたような気がする。

魔力不足に陥《おちい》ると、精神的な憔悴《しょうすい》が起こる。俺は騎士団大隊にいたころ、常に魔力を枯渇《こかつ》させていたから、この状態はよくわかる。

魔力不足による精神的な疲労は、思考力や判断力を失わせる。生きる気力さえ。

離れている分、まだ俺の魔力は吸い取られていない。

「そして、辺境伯領がひたかくしにしている秘密を手に入れる。この私がね」

「!?」

リトルハンドの言葉がわずかに聞こえたのを最後に、バハインドゲイザーは空高くのぼっていった。

‡

ローシュ・リトルハンドはバハインドゲイザーの搭乗席に乗り込みながら、なすすべもなくこちらを見上げるロッド・アーヴェリスから目を離した。もはやあの少年に注意を向ける必要はない。

——リトルハンドが目指しているのは、永久機関の開発だった。

永久機関を開発し自分の中に組み込む。そうすれば、永遠の命が手に入るのではないかと考えたのだ。

最初に着手したのは、魔法石を利用し、永遠に動き続ける魔法道具の開発だった。

だが、無限に魔力を供給し、自律して動き続ける夢の発明には至っていなかった。研究を続けるには、素材も理論も不十分だ。

そういった経緯があって、リトルハンドは珍しい魔法道具の素材を求めて辺境伯領にやってきた。

近くの異邦には、おおよそほかでは手に入らない素材が多く入手できる。

珍しい素材を求め、リトルハンドは異邦の奥地へ挑んだが——そこは人間が踏破できるような地ではなく、命からがら逃げ帰るしかなかった。

辺境の向こうにある、異邦という地域。それを一番よく知るのは現状、辺境伯領しかない。

辺境伯領が握っている、異邦の秘密。それを解き明かせば、自身の研究を前に進めることができるとリトルハンドは信じていた。自分で異邦を踏破するより断然効率がいい。

だから、兵器を作り、辺境伯を脅迫することにした。

彼にとってバハインドゲイザーは脅迫の道具で、永久機関を作るための通過点にすぎない。

「さあ、吐き出してもらおうじゃないか、クリムレット辺境伯。異邦の全貌《ぜんぼう》を。人質は、領民すべてだ。手始めに、イベントの参加客に犠牲になってもらう」

リトルハンドはバハインドゲイザーの最終調整に入る。といっても、いくつかのことを確認するだけで終わりだ。

バハインドゲイザーは長い砲塔と供給される魔力により、強力なエネルギーを放出する。

その射程は、フルパワーで発射できれば辺境伯領の全土を攻撃できる計算だ。

着弾範囲はやや狭いものの、イベント会場を狙い撃てば大きな被害は避けられない。逆に村の局所を狙っても、被害がなければ脅威と認められない可能性がある。被害が大きくならざるを得ないイベント会場は格好の的だ。

「魔力の充填《じゅうてん》は——五割程度だが、まあいい。被害が出れば問題はない。イベント参加客の一部でも被害に遭えば、辺境伯は動かざるを得ない」

植えつけたいのは、辺境伯領のどこにいても狙い撃たれるかもしれないという恐怖だ。

飛距離を考えればやや放物線を描いて発射しなければならないところ、力を制御した《重力》の魔法石を使えば、真っ直ぐに放ってもある程度正確に当たるように調整できる。

射程がぐっと伸びたのも、《重力》で引力や空気抵抗を無視できるようになったおかげだ。

とはいえ、実際に撃つのはこれが初めてだ。撃ってみないと、どのような使用感なのかわからない。

照準器代わりに取りつけた望遠レンズを覗いて、ピントを調整。会場が見渡せるようにした。異邦の山の中にいるので、辺境伯領フーリァンはよく見える位置だ。

「発射」

リトルハンドは、淡々と引き金を引く。発射を確認。軌道は——

「照準からほんの少しズレるな」

わずかながら横方向にズレが生じている。超長距離で撃てば、さらにズレは大きくなるか。

着弾の確認も同じようにレンズを覗きながら行う。

ややズレはしたが、目標のイベント会場には着弾しそうだ。

イベント会場にバハインドゲイザーが放った魔法エネルギーが着弾する直前――

「……ん？　なんだ？」

突然、モンスターをモチーフにしたかわいい人形たちが視界に飛び込んできた。

よく見ると、気球のようなものに吊《つ》るされている。

イベント会場近くにあるそのぬいぐるみたちが、バハインドゲイザーの放った魔法エネルギーと衝突し――

「!?」

そのエネルギーをそのままこちらにはね返してきた。

「なっ、なんだと!?」

リトルハンドのほうに返ってきた魔法エネルギーは、そのままバハインドゲイザーに命中。

「うおおおおっ!?」

バハインドゲイザーは、自ら生み出した破壊力をそのボディに受けて半壊した。

一体何が？　リトルハンドは現状の把握を急ぐ。

ぬいぐるみが魔法をはね返してきた。

信じられないが、そうとしか言えない現実を見てしまった。

搭載されていた魔法石にも命中したのか、ヒビが入っている。追跡者を捕まえている《吸い寄せ呑み込む穴》にも。

破損した魔法石は、その機能を失う。

ヒビの入った魔法石は、中に入っていた者たちを次々に吐き出した。

「そんな、馬鹿な……！」

地上から、平然とこちらを見据えている人物がいる。

——サフィール魔法工房の、ロッド・アーヴェリス。

リトルハンドはその人物を睥睨《へいげい》するようにして確認し、歯噛《はが》みする。

「まさか……！」

まさかこれはこいつが仕掛けたものか⁉

自分がどうなっても反撃できるよう巡らせていた策の一つに、自分は引っかかったというのか。

だが、まだバハインドゲイザーは空に浮いている。《重力》の魔法石は生きている。攻撃用の魔法石も。

ロッドは冷静なまなざしで、

「ゴクッ」

取り出したポーションを飲み、すでに反撃の準備に入っていた。

‡

俺――ロッドが見ると、バハインドゲイザーはすでに半壊していたが、完全に壊れてはいなかった。

バハインドゲイザーから吐き出されて落ちてくるジェラードさんたち。地面に衝突する前に《ブレス》を当て、風で落下の衝撃をやわらげた。

探知気球ルキフゲに、シーシュちゃんの作った一度だけ魔法をはね返すという効果を持ったリフレクト・チャームを括《くく》りつけたものを複数用意した。

そしてリトルハンドのいる方向に調整して、会場中に散らばるよう飛ばした。リトルハンドが何かしらの魔法でイベント会場を攻撃しようとした時、それに対応できるように。

地上は、辺境伯軍が警戒していた。対処が難しいのは空からの攻撃だ。だからこそ、シーシュちゃんに協力してもらって、あらかじめ対策しておいた。どうやらうまくいったらしい。

魔力を限界まで吸われたジェラードさんたちは気を失っている。

バハインドゲイザーの本体は半壊状態だが、砲塔や動力代わりの魔法石はまだ無事。リトルハンドも、まだ生きていた。

もう一押しがいる。完膚《かんぷ》なきまでに破壊できるような、特大威力の魔法が。

「ゴクッ」

俺はローレライ……詠唱する魔法の威力を高めるポーションを飲み干す。材料が貴重なので、切り札にと取っておいたたった一本。それを今、おしげもなく使う。

「させるか！　まだバハインドゲイザーは動かせる！　今度は君たちを直接狙う！　君たちを始末

してから、辺境伯との取引を再開させてもらうとしよう！」

リトルハンドの言葉を無視して、俺は魔法の詠唱を始める。

同時に、砲塔に強大な魔力が集まっていくのを感じる。

今度は俺たちに向けて、砲撃が放たれようとしたそのとき——

「なっ⁉」

大太刀がぶん投げられ、バハインドゲイザーに乗っていたリトルハンドの肩に命中していた。

「どうやら間に合ったみてえだな！」

背後には、アララドさんが自分の武器を投げ終わった姿勢でいた。

リトルハンドがバランスを崩し、バハインドゲイザーから落ちる。

「行けえロッド！」

アララドさんの言葉に俺はうなずいた。

「灰塵と帰せ——！」

俺の持っている最大攻撃力の魔法《ブラスト・エクスプロージョン》を発動。

バハインドゲイザーに着弾すると、まばゆい閃光とともに大爆発が起きた。

‡

そのころ、マジッククラフト・マーケットのイベント会場では……

「わあ、ぬいぐるみだ！」

気球によってゆっくり空から下りてくるぬいぐるみに、子どもたちが大興奮していた。

しかし会場内はいささか騒然としている。突然空から魔法エネルギーの奔流《ほんりゅう》がやってきて周囲を照らしたのだから。

「あいつらがやったのか」

商品が売れず不貞腐《ふてくさ》れていたスキアは、空を見てなんとなく察した。ロッドたちが戦っているのだろう。リトルハンドを見つけたらしい。

それから、異邦の方角で大爆発が起きたような音が聞こえた。

「……ほう？」

それを見て、スキアを含めた会場の参加客たちは感嘆《かんたん》の声を漏らした。

空には巨大な花火が打ち上がっていたのだ。花開いた巨大な光が瞬き、会場を彩っていく。

「むう」

こっそりイベント会場に来て様子を楽しんでいたザイン・ジオールは、その華やかな光を見て何か察しがついたのか、わずかに顔をしかめた。

「すごいです！　こんなの初めて見ました！　ロッドさんも見ているといいんですけど……」

近くにいたメリアとシーシュも空を見上げていた。

「たしかに、すごい魔法ですね……」

シーシュはメリアの言葉にうなずき、感嘆していた。

「魔法なんですか？」

「はい、メリア様。えっと、おそらく……かなり大規模です」

首を傾げるメリアに、シーシュは答えた。

「いやはや、花火まで打ち上げられるとは思ってもみませんでしたよ。すばらしいサプライズですね。さすがは辺境伯領主催です」

商人のユーゼフが、メリアにすり寄るように近づいてきて、相槌《あいづち》を打った。

「ふん、どこの誰だか知らんが、粋《いき》なことをしてくれるな。仕方ない、後輩は余が直々《じきじき》に労ってやるか」

スキアは一人、どこか満足そうに喜ぶ人々を見ていた。

‡

——同時刻。

辺境伯領公式ブースのサフィール魔法工房が受け持っている場所で、ウェルトランは魔法を使いながら腹に力を入れていた。

「いやあ、この大きな会場中の人々すべてに誤認させるのは、いくら私といえどきついものがあるね」

ロッドの魔法で大爆発が起こり、それは会場中の人々からも視認されるはずだった。それほど大規模な爆発だった。

だから、ウェルトランは《隠匿魔法》を使い、尋常ならざる大爆発を打ち上げ花火だと人々に認識させていた。

花火前の砲撃や魔法による爆発の音と閃光はそのまま伝わっている。しかし、砲撃らしきものも花火の一環、音と閃光は花火によるものだと勘違いさせることに成功した。

もっとも、達者な魔法使いであればその花火が魔法で、莫大な魔力を伴う高等技術であることを見抜いただろうが、イベントの催《もよお》しだとしか思わないだろう。

「これ、バイト代とか入るのかい？　特別ボーナスとか出てもいい気がするね。あとでクリムレット辺境伯にごねてみよう」

「文句言うなゴミトラン。普段遊び歩いてばかりいるんだからこれくらいはしなよ」

「やめないか。そのあだ名は私の魔法を弱らせる」

「がんばれ」

サフィは会場で運営の手伝いをしつつ、怪しい人物がいないかウェルトランとともに警戒している。あの大爆発は、おそらくロッドの魔法だろう。すると無事に敵を倒したのだろうか。

「そちらは平気かい？」

クリムレットがサフィたちのもとにやってきて言った。

「ロッドくんやジェラード隊長たちがやってくれたのだろうか？」

「たぶんね」

サフィが答えると、クリムレットは安堵したように微笑した。

「あとで報告を聞いてみることにしよう。しかしさすがはウェルトラン殿。すばらしい魔法をお使いだ」

クリムレットも、空の花火が爆発を隠蔽《いんぺい》するための魔法であることを見抜いていた。ウェルトランは笑い返した。

「何言ってるんだい。さすがと言うなら貴君のほうじゃないか」

「私は部下たちに指示を出しただけだよ」

「今日のことじゃなく、はじめにグレント魔法盗賊団を捕まえたときだ。監獄への移送中、貴君はわざとグレントを逃がしたね？　真犯人を釣るために」

「…………」

「そう、貴君は最初にグレントが捕まった時点で、真犯人が裏で糸を引いているのだとすでに推察していた。しかし、せっかく泳がせたグレントは真犯人に通じることなく、野盗の使い走りにされた。加えて、ロッドくんをはじめとした部下たちも優秀すぎた。グレントはすぐに再度捕まってしまい、撒き餌《まえ》で真犯人を釣るという貴君の目論見《もくろみ》はあえなく外れてしまった。サフィールの魔法工房を急遽イベントに参加させたのも、リトルハンドがイベントを狙ってくると読んだからだ。信頼する臣下が止めてくれることを、貴君は期待した。そしてその通りになった」

ウェルトランに言われても、クリムレットはニコニコとした表情を崩さない。

「そうなの？」

サフィが確認するように聞くも、

「……さてね？　ま、こうしてうまくいったからいいじゃないか」

クリムレットは煙《けむ》に巻くような言いぐさ。ウェルトランは感服したように口を開く。

「優れた者ほど、準備を怠《おこた》らない。本当に恐ろしい男だね。貴君はこの事件、どこまで先が見えていたんだい？」

「先なんて何も見えないよ。全然だ。あるとすれば、経験ってやつだろう」

「それを長命の種族にはっきり言える姿勢が、貴君の強さだろうね」

「それより大丈夫？　みんなマジッククラフト・マーケットのことを『マクマ』って言っているけど。魔法は持ちそうかな？」

「それを聞いて私が本調子を出せないとでも？」

「失礼。この大一番でさすがにそれはないか」

「…………」

「……？」

「……代われるなら、代わってくれてもいいかい？　もう限界だ。もしくは耳栓《みみせん》をくれると助かる」

「がんばれ負けるなエルフの里長」

ウェルトランは泣いた。

「仲いいなこいつら……」

サフィは呆れながらつぶやきつつ、メリアたちの様子でも見に行こうと歩き出した。

‡

爆風は地上にまで及び、木々を吹き飛ばし、衝撃が俺たちを襲う。

これ、会場は騒ぎになっていないか⁉

爆裂して飛び散ったバハインドゲイザーの破片がそこら中にばら撒かれる。それらは爆発のエネルギーで加速した質量の塊だ。人間に当たれば肉が吹き飛ぶほどの凶器となって四方に散る。

俺はジェラードさんたちの前で、《障壁》の魔法を使い防御。

破片は、リトルハンドの足にも当たった。リトルハンドは木々の下に落ちたおかげで、大けがは免《まぬか》れたようだった。怪我で動けなくなっているから、ちょうどいい。

「おいロッド！　いささか魔法が強すぎやしねえか⁉」

木々を盾に破片を避けていたアラランドさんに言われる。

「この魔法加減できないんです！　あとローレライでさらに強くしてるので！」

「それくらいしねえとあの砲台は破壊できねえか。まぁ――」

爆風がやむと、アララドさんは動けないリトルハンドから大太刀を抜いて、そのまま首元に突きつける。

「おかげでこいつは楽に捕まえられそうだ」

「ぐっ……」

「抵抗しないでもらおうか。こっちも疲れてるんでな、そのほうが助かる」

リトルハンドは肩と足を負傷し、動けないでいる。

「そういえば辺境伯領の秘密を暴くとか言ってましたけど、なんのことだろう」

俺がつぶやくと、アララドさんは首を傾げた。

「秘密？　汚職とかか？」

「さあ？　でもそれだとすごい兵器作って辺境伯の領土すべてを標的にするほどではないような」

俺とアララドさんが顔を見合わせた、そのとき。

「――教えてやろうか？」

声がして、突如、アララドさんの足元に幾重《いくえ》の氷の刃が生まれた。

「うおっ⁉　なんだ⁉」

氷の魔法を大太刀で受けながらとっさに飛びのくアララドさん。手足が少し切れているが軽傷だ。

アララドさんのいた場所の地面が、刃によって削り取られている。

「素早いな。おまけにタフだ。殺すつもりだったのに」

「誰だ⁉」

アラドさんが大太刀を構えた方向には、顔全体を覆う木製の仮面をかぶった人物がいた。

声からして男だろう。少年のような声色に聞こえる。やや長い金髪で、少年と大人の間のような背格好。

「だいぶ派手にやってくれたな」

仮面の人物は、周囲の惨状を見回して不本意そうに言った。

そして、俺のほうを向き、何やら俺の姿を確認すると、

「チッ」

あからさまに舌打ちをした。

「またお前らか。サフィール魔法工房。いつも邪魔ばかりしやがるな」

「また？」

憤《いきどお》りのこもった声。そんな恨みを買われるようなことをしただろうか。そんなことあったっけ？

「また、ってどういうことだ？　お前、俺を知っているのか？」

野盗たちが攻めてきた件は、こいつらがやったことだろうに。逆恨みされるいわれはないはずだ。

仮面の人物は、また口惜しそうに舌打ちした。

「せっかくオークどもをたきつけて王都や辺境伯領を攻めさせたのに、心当たりがねえとは言わせねえ」

「!?」

以前、オークの大軍に王都が落とされかけ、辺境伯不在の辺境伯領にハイオークたちが攻めて

きた。

　思えば、あのときの魔法に長《た》けたオークシャーマンは、どうやってあれほどの魔法と知能を手に入れていたのだろうか。こいつらが、王都や辺境伯領を攻めさせるために仕組んでいたというのか。

「あのときもお前らが暗躍していたよなあ、サフィール魔法工房の連中がよ」

　オークの軍勢を弱らせたのは俺の身体劣化ポーションだし、アララドさんやサフィさんもハイオークを倒している。

　あのときの攻防を見られて、把握されていたというのか、こいつらに。

「とくにお前のアイデアや魔法がよく役に立っていたな、そうだろう？　ロッド・アーヴェリス」

　仮面の人物は、一番憎《にく》い相手を呪うように忌々《いまいま》しげに俺の名を言った。

「なんなんだ、お前は……!?」

「あえて名乗らせてもらう。エルフ族のラスティアム・ウィンター。敬意を持ってフルネームで呼べ、下等な人間ども」

　それは自分が一番偉いと信じて疑わないような、高圧的な物言いだった。

「このおっさんは、異邦の資源を利用して永久機関を完成させようとしていた」

　ラスティアム・ウィンターと名乗った仮面の人物は、リトルハンドを指して言った。

「だがそれはこいつ個人の研究だ。俺たちが進めなきゃいけない研究はほかにある」

「……研究？」

　答えを聞く前に、アララドさんが踏み込んだ。

「わけがわからんが、とにかく敵ってこったろう！」

アララドさんの大太刀がウィンターを捉える前に、二人の間に氷の柱が聳《そび》え立つ。

「うおっ⁉」

間合いに入る前に足を止めたアララドさん。見ると、氷柱周辺の地面が凍《こお》りついて、アララドさんの足元まで達していた。足を凍らせられ地面に縫いとめられて、動きが止まっている。

「まあ話を聞けよ……俺たちの研究テーマは、《滅《ほろ》びの魔法》だ。種族丸ごとを根絶やしにするような大魔法――それを分析しようとしている」

「滅びの、魔法……？」

俺がつぶやくと、ウィンターはふっと笑う。

「どんな名称かは知らないから仮称だがな。辺境伯領がそれを隠れて所有していると俺たちは睨んでいるのさ」

「そんなものがあるなんて聞いたことないぞ……！」

「だからそれが辺境伯領の秘密だってことだ」

それが、リトルハンドが辺境伯領と取引したかったものだっていうのか。永久機関を作るという目的とはまた別に、領民を人質にして《滅びの魔法》の詳細を聞き出そうとしていた？

ウィンターは続ける。

「百年ほど前、異邦の向こうから魔族と呼ばれる亜人が辺境伯領に攻めてきた話は聞いたことがあるか？」

「…………」

百年前、ザイン老師が生きた時代の話だったはずだ。

異邦の最奥である『深淵方面《しんえん》』から、かつて魔族が攻めてきたという話。当時の人々がどうにか追い返したということだったが……

「攻めてきた魔族に勝てたのが、その《滅びの魔法》のおかげってわけだ。魔法書なのか、魔法道具なのかはわからねえがな」

「追い返したんじゃなくて、その魔法ですべて滅ぼしたってことか？」

「でなければ、異邦さえ越えてこられるような強大な力を持った敵に、人間ごときが打ち勝てるはずねえ」

ウィンターは強い口調で言った。

「いまだに異邦のすべてはわかっていない。危険で、調べることができないからだ。踏破した者も聞かない。異邦の民たちでさえ、奥地になんて行こうともしない……そんな危険地帯を進んでくる敵を、オークの群れでさえやっとどうにか対応できたくらいのやつらが応戦できたと思うか？」

「……逆に、そんな便利なものがあるなら、この間オークが攻めてきたときに使っているだろ！」

言ってから、俺は戦慄《せんりつ》する。

本気で、そんな荒唐無稽《こうとうむけい》な予測だけで、こいつらは辺境伯領を敵に回し、大多数の人たちを危険にさらしているのか。

いや……そこまでするのなら、本当だと確信する根拠があるのか？

「陰謀論者か。オレはクリムレット卿の屋敷にやっかいになっちゃいるが、そんなもの見たことも聞いたこともねえぞ！」

アララドさんが吐き捨てた。

彼の言う通りだ。俺もそんな話は聞いたことがない。

「しかしそれを使って滅ぼしたおかげで、魔族の姿を見たことがある者は今まで皆無だ」

ウィンターは反論した。たしかに俺も魔族なんて見たことがない。もっとも、俺は辺境伯領に来てまだ一年も経っていないのだが。

「……そうなんですか？　アララドさん」

「まあ、オレの周りも魔族を見たことがあるやつはいねえが……だからって魔法一つですべて滅ぼしたなんて話は飛躍《ひやく》しすぎだろう」

「信じられないなら、それでいい。お前は、すでに俺たちの敵だからな、ロッド・アーヴェリス」

「！」

ウィンターは魔法で氷の刃を形作り、俺に放つ。

俺は《火》の魔法を発動。炎が氷の刃と激突して、両方の魔法は消滅する。

「これ以上何かしたらこの兵士たちを氷漬《こおりづ》けにするぜ？」

「くっ！」

距離を詰めようとすると、いつの間にかジェラードさんとグレント、それにヴェンヘルの身体が半分ほど氷で固められていた。俺は立ち止まる。

「撤退するか？」

と、リトルハンドがウィンターに問う。

「ああ、そうする」

「わかった。来てくれて助かったよ」

リトルハンドは、持っていた《火》の魔法石で隠れ家に火をつけた。リトルハンドの資料が、事件の手がかりがみるみる燃えていく。

「体はまだ動くか？　ローシュ・リトルハンド」

「この通り、負傷で右足と左肩が動かない。運んでもらえるとありがたいんだけど」

「氷の玉になって転がされてもいいならな」

「それは、ありがたくないね」

ため息をつくリトルハンドに、ウィンターはポーションを渡す。

「飲んだら、立って自分で逃げろ」

「……了解した。ありがとう」

リトルハンドは、ウィンターからポーションを受け取って、一気に飲み干す。

「！」

飲んだ瞬間、リトルハンドの表情が驚愕に変わった。

「これは……!?　ウィンター、私に何を飲ませた!?」

「あいにく回復系のポーションは持ち合わせがないんだ、すまねえな。まだ研究途中のポーションだが、悪くねえと思うぞ」

ポーションのビンが落ちる。リトルハンドの身体が、急速に変容していた。

肌が黒っぽく変色し、元の身長の二倍以上に巨大化して筋肉が膨れ上がり、長くまっすぐな角が生えてくる。

「なっ、なんだ⁉」

「デモナイズ……文献から、魔族の姿と能力を再現したポーションだ。人間で試したことはまだなかったからちょうどいい」

研究途中、と言っていた。こいつもリトルハンド同様研究者か。しかも、俺と同じ……

「俺たちは研究者ギルド『時計塔《とけいとう》』。滅びの魔法の全貌を暴くのが目的だ。そして俺はポーションの研究者、ラスティアム・ウィンター。覚えておけ、ロッド・アーヴェリス」

そしてデモナイズを飲み、化け物となったリトルハンドは咆哮《ほうこう》を上げながらこちらに向けて駆け出した。

「オオオオオオオッ！」

「こいつ――――！」

猛スピードで走るリトルハンドは、

「オオオッ！」

俺やアラドさんにぶつかることなく、全力疾走で脇を抜けていく。

「なっ⁉」

リトルハンドは、全力で俺たちから逃げていた。いや、わけもわからず突っ走っているというほうが正しいか。

やたらと叫び、まっすぐ走るだけで、もはやリトルハンドとしての人格が失われているように見える。

「俺たちを攻撃しない――けど」

あれを野放しにもできないか。

ジェラードさんの剣がひとりでに飛んでいき、リトルハンドの背中に刺さる。ヴェンヘルが《重力》を使ったのだ。

剣は心臓のありそうな位置に刺さりはしたが貫くほど深くはなく、リトルハンドの足を止めることができない。

「だめか！」

半分氷漬けにされていたジェラードさんが眉をひそめた。

「すまない。これ以上の援護は無理だ」

口から血を吐きながら、ヴェンヘルが言った。

「追います！」

「すみませんロッド殿、氷を砕いたらすぐにあとを追います……！」

ジェラードさんの言葉を背に、俺は走り出した。

リトルハンドが走っている方向……このままリトルハンドがまっすぐ山を下りれば、やがて辺境伯領フーリァンにぶち当たってしまう。

せっかく守り通したマジッククラフト・マーケットが台無しになってしまう。

そうなる前に、追いついて、どうにか止めるしかない！

「させると思うか？」

振り向くと、ウィンターが俺に向けて氷の刃を差し向けようとしていた。

「先に追いついてろ、ロッド！　俺たちにかまうな！」

アララドさんが自身を拘束していた足元の氷を無理やり筋肉で砕き、ウィンターへ向けて大太刀を振るう。

ウィンターは俺への攻撃に使うはずだった氷の刃でアララドさんの攻撃を防いだ。

「こっちは任せておけ！　リトルハンドのほうは頼んだ！」

「了解です！」

その後は振り返らず、背中に剣が刺さったままのリトルハンドを追いかける。

——が、追いつくどころかどんどん引き放される。全力で走るリトルハンドは、俺の走力では追いつけない。

「強化ポーションは……」

まだあったはず。俺は収納の魔法石から筋力強化ポーションと脚力強化ポーションを取り出して飲み干した。

前と同じく効果が切れてから副作用で苦しむことになるだろうが——いつものことだからもう

しょうがない。大事なのは、今、このときだ。

ポーションを飲んで強化した脚力で再加速する。デモナイズによって魔族化したリトルハンドを見失わずに捉え、さらに速度を上げる。

「ウォオオオオッ！」

「おおおおおお!?」

だが、山岳地帯である異邦を猛スピードで駆け下りるのはかなり困難だった。

勾配《こうばい》のある地面につまずかないよう注意しながら、ひたすら足を動かす。

急速に流れていく景色に視界が狭まっていき、人間が認識しきれないような速さに到達する。もはや自分では急に止められない域に来ている。

「――――！」

前方に、崖《がけ》。しかし視認したころにはもう遅い。止まれない。

すぐ前にいるリトルハンドが踏み込み、俺も同じように崖の前で足を踏んばり、跳躍。そのまま崖下へ落下する。眺めは良く、辺境伯領を見渡すことができた。

「俺、何回空から落ちれば気が済むんだよ……！」

泣きそう。

嘆《なげ》いたのもつかの間、落下しながら、リトルハンドをすぐ前に捉え、腕をつかもうと手を伸ばす。

捕まえられそう……しかしその直後、空中でリトルハンドが振り向いて、俺に拳を振り上げた。

とっさにリトルハンドに《火》の魔法を食らわせるも、拳は止まらない。

「くっ！」

腕を前にして防御。盾にした腕が悲鳴を上げ、衝撃が体を走る。殴られたせいでさらに落下速度が増す。

腕の痛みに耐えながら《ブレス》で減速し、転がりながらどうにか着地。

「くそっ！　手負いであの強さか！」

前方で着地したリトルハンドは、また走り始める。

進路はまっすぐ、辺境伯領フーリァン。俺はその後ろを追いかける。

魔法は効きにくい。だが、効かないわけではないはずだ。

「でも、あれがデモナイズのポーションの――魔族の力だっていうのか!?」

襲ってきたダイヤウルフをなぎ倒しながら、なおも暴走するリトルハンド。

たしかに、あんなのが集団で攻めてきたら異邦だって越えられそうだし、人間なんて太刀打ちできない。少数民族である異邦の民だって対応できないはずだ。

ウィンターの言っていた《滅びの魔法》くらいなければ、解決できない。

でも、それは対応策が浮かばない者が想定する、逃げの論理だ。問題をすべてどうにかしてくれる秘密の魔法。そんな方法は思考停止していても思いつく愚策だ。

百年前に辺境伯領を支配していたクリムレット家の戦の手腕が、圧倒的戦力差を覆したと考えたほうがまだ現実的だろう。戦力差があってもオークたちを抑え込めた、この間の防衛戦のように。

「いや、ごちゃごちゃ考えるよりも、まずはあいつを止めないと――！」

再び速度が加速していき、視界が狭まっていく。

そんな中、前方に何かを見つけた。

「あれは⁉」

小さいが、間違いない。スキアさんの作ったルキフゲ試作一号機だった。

一号機が目の前に迫るリトルハンドを認めると、背につけていた魔法石が光った。

《エーテリックストライク》――スキアさんが一号機に仕込んだ魔法が、リトルハンドに放たれる。

そして背後にいる俺にも。

「どわあああ⁉」

リトルハンドが受けてくれた分、その後ろにいる俺には魔法は届きにくい。《障壁》でどうにかガードできた。

その間、リトルハンドは《エーテリックストライク》の直撃をその身に受けながら突き進み、一号機を蹴り飛ばして排除する。

木の幹にぶつかりながら明後日の方向に飛んでいく一号機。リトルハンドの肉体は黒焦げながらも、足はまだ止まらない。

「試作一号、あいつがここにいたってことは……」

考えるより先に、さらに立ちはだかる巨大な金属の塊が目に入った。

試作ゴーレム、アトラスだ。

「やっぱり！」

全速力で駆け下りる俺たちを確認すると、アトラスは地面を蹴り、まっすぐこちらに突撃してきた。

ぼろぼろと崩れる粘土の表面。アトラスは両手を広げると、受け止めるように、暴走するリトルハンドに組みついた。

「オオオオッ!?」

やや戸惑った様子のリトルハンド。土が抉《えぐ》り返り、草花や低木がそこら中に飛び散る中、アトラスはこらえる。

リトルハンドの動きが、ようやく鈍《にぶ》る。

「——ここだぁっ!」

俺はそのままのスピードで迫り、リトルハンドに向けて跳躍。駆け下りる速度を利用して、リトルハンドに刺さっていたジェラードさんの剣の柄頭を蹴りつけた。

思いっきり踏みつけるような蹴り。

リトルハンドに刺さっていた剣がさらに深く刺さり、その肉体を——

「ツッッ!」

貫いた。

胸から血を流したリトルハンドが、両腕で組みついたままのアトラスにもたれかかるようにして止まる。

「ど、どうにか、なったか……!」

が、止まったのは一瞬だけだ。

リトルハンドはアトラスにしがみつきながら、なおも立ち上がった。

「うそぉ……」

まだ生きて……いや、これで倒れなければ、どうやれば倒せるんだ⁉

「そもそも魔族って胸貫かれても生きてるのか⁉」

おそろしくタフなのか、最後のあがきなのか……わからないが、まだ俺に敵意を向けている。

「ど、どうする？　どうすれば……⁉」

もうすぐポーションの効果も切れる。足から力が抜けかけた、そのとき――

「このアホ後輩！！！　あれが魔族って、んなわけないだろが！！！　モンスターだろどう見ても！！！！」

上のほうからくそでかい声が聞こえてきた。

声の主は、一人しかいない。

スキアさんが巨木の枝の上に仁王立ちしていた。

「あと、やっぱりモンスターを追うんならルキフゲは試作一号の仕様でよかっただろが！」

それは違うんだけど――そう言う間もないまま、スキアさんが枝から飛び下りる。

「《隠匿魔法》解除おおおおっ！」

「《隠匿魔法》⁉」

スキアさんの全身に、魔法陣が展開した。

黒い外套とショートパンツは黒いワンピースに変わり、耳はとがって、額にはアララドさんとはまた違った黒い角が生える。

「スキアさん⁉　何それ⁉」

そして背中には、魔力が粒子状にあふれ出して黒く光り、まるで翼のような形を作っていた。

見たことがない種族の姿だ。人間じゃないとは薄々思っていたけど、何者なんだこの人。

スキアさんは、普段ずっと自分に《隠匿魔法》をかけていた――それはつまり、本来の姿を人から認識されないようにしていたということだ。それを今解除した、ということらしい。

アトラスのすぐ後ろに着地するスキアさん。

「余は力を隠さなければ、このあふれ出るオーラで目立ちすぎてしまうというわけだ！」

「オーラ⁉」

意味がわからないんですが⁉

俺に向けて拳を振り上げるリトルハンド。

「アトラス剣モード！！！」

スキアさんが叫ぶと、リトルハンドを押さえつけていたアトラスがそのまま真っ二つに割れた。

「剣モード⁉」

《エーテリックストライク》の魔法石とアトラスの身体の一部が、巨大な剣のように変形する。

スキアさんが《隠匿魔法》を知っていたのは彼女もその使い手だったからで、俺がディープインサイトで分析したアトラスの変形機構とは――彼女の武器になるための機能だった。

「後輩！　引きつけておけ！」

黒く光る粒子状の翼が、さらに大きくなり勢いを増した。

見た目可憐《かれん》な少女が持つにはあまりに大きな大剣に、本来撃ち出すだけの《エーテリックストライク》が剣の周りにとどまって、さらに巨大な銀色の刃と化す。

「んなこと言われても！」

こいつに俺の魔法は効かない。スキアさんの盾になるしかない。

振り上げられたリトルハンドの片腕をどうにか防御する。筋力を強化していても、きつい。

俺は拳を受けて吹き飛び、巨木の幹に激突した。

「そうだ、それでいいぞ後輩！」

同時に、スキアさんが剣になったアトラスでリトルハンドを薙《な》ぎ払い、ようやくリトルハンドはその場に倒れ伏した。

立ち上がろうとして、俺はその場に倒れる。ポーションの効力が切れたらしい。体にうまく力が入らない。

「よくやったな後輩！　さっさと帰るぞ！」

ワンピース姿のスキアさんが近くにやってくる。スカートが揺れて白い下着がのぞくが、体が動かないので顔をそむけることもできない。

「すみません、動けないです」

「仕方ないやつだな！」

スキアさんはそう言いながらも、笑いながら肩を貸してくれる。

「待ってください。異邦のほうにアララドさんたちが、まだ……」

「戦っているのか」

「はい。あと、スキアさんの服ですけど……」

「余の可憐な服がどうした？」

「服は隠す必要あったのかなって」

「ある！　服まで変わったほうが派手だろうが！」

派手……あ、そうですね。でも隠してるんなら派手さ必要なくない？


俺がスキアさんとともに異邦のリトルハンドのアジトに戻ると……

「一歩遅かったな。やつはもういねえ」

アララドさんだけがいた。アララドさんは体中に傷を負い、膝をついている。

「大丈夫ですか!?」

「動けねえお前に言われたくねえな。こんなのは傷のうちに入らねえよ」

アララドさんはゆっくりと立ち上がって笑うと、俺たちを見て表情を引き締めた。

「すぐにクリムレット卿のところに戻って報告するぞ。まずいことになった」

第五章　取引の続き

仮面をつけたエルフの少年ラスティアム・ウィンターは、異邦の中にあるもう一つのリトルハンドのアジトまでやってきた。

「あの鬼人――とんでもねえ強さだった」

ウィンターは先ほどまで戦っていた鬼人のアララドに対し、悪態をついた。仮面を取ると、端整《たんせい》な顔立ちのエルフの少年が不機嫌そうな表情を浮かべている。

「しかしリトルハンドの野郎、こんなものまで捕まえていたとはな」

改造した《精神操作》の魔法石が装着されている、異邦の巨大モンスター。それが五体、鎖《くさり》でつながれていた。

異邦の中を生き抜くために、巨大に強靭に強力になった図体と膂力《りょりょく》は圧巻であった。

魔法石の実験でもするために捕まえて保管していたものだろうが、これだけのモンスターを集めるのはリトルハンドといえども骨が折れたに違いない。

少年の姿をしたウィンターは、今にも暴れ出しそうな巨大モンスターを見上げた。

「安心しろ。ご主人様は、ここにいる」

それを見下ろす巨大モンスターは、とびかかろうと体をぴくりと動かしてから静止した。

ウィンターの手には、デモナイズのポーションによって化け物となったリトルハンドの首があった。損傷のひどかった体は処分し、首は切り取って保存するために凍らせてある。

モンスターはそれを見ると、おとなしくなってこうべを垂《た》れた。

「こんな原型留めてなくてもちゃんとリトルハンドと認識できるとはな。おりこうじゃねえか」

ウィンターは、懐《ふところ》からポーションを取り出した。デモナイズのポーションが五本。持ち合わせすべてを今ここで使う。

「ありがとうリトルハンド。モンスターを準備する手間が省けたよ」

風の魔法でポーションをそれぞれモンスターに飛ばす。ビンが割れ、中身が巨大モンスターたちに振りかかった。巨大モンスターたちからけたたましい咆哮が上がり、デモナイズを飲んだリトルハンドと同じ姿へと変わっていく。より巨大に、より強靭に、より強力に。

筋肉がはちきれ、鎖が引きちぎられ、咆哮はさらに大きく響く。ただでさえ巨大な異邦のモンスターがさらに巨大に膨らんでいく。周りの巨木が貧弱に見えるほどの大きさ。

「首尾《しゅび》はどうだ?」

獣人の男が、空間を裂《さ》いてやってくる。『時計塔』の一人である。その獣人の男は超巨大デモナイズモンスターを見て瞠目《どうもく》した。

「――なんだ? ウィンター、何をしようとしている?」

「リトルハンドのやろうとしたことを引き継ごうと思ってな」

獣人の男にウィンターは答えた。

「巨大モンスターをデモナイズでさらに巨大にした、超巨大モンスター。こいつらを別方向から同時に辺境伯領にぶつける」

超巨大モンスターたちは、一斉に走り出す。巨木をなぎ倒しながら、猛スピードで、別々の方向からイベント会場を目指す。

小ぶりな城が悪意を持って山から転げ落ちてくるような理不尽な暴力。

止めるすべもない災害のようなそれが、まっすぐ確実に辺境伯領へ迫る。作戦を立てる暇もないほどに、残された時間はわずかだ。取引内容は、先ほど戦ったアララドに伝えている。

それを見届けて、満足そうな笑みのままウィンターはつぶやく。

「では、取引の続きを始めようか、クリムレット」

‡

つつがなくイベントが終わり、後片付けを始めている会場で、俺とアララドさん、そしてクリムレット卿が集まっていた。

身体に力が入らない。それでも、飲んだ強化ポーションの量が少なかったおかげか、まったく動けないほどではないくらいには回復していた。

俺は椅子に座って、速やかに片付けをして引き上げていく人たちを見ながら、アララドさんの話を聞いた。

「――異邦の巨大モンスターにデモナイズを？」

俺が聞くと、アラランドさんはうなずいた。

「そいつらに別々の方向から辺境伯領を襲わせると言っていた。狙いはクリムレット卿だ。やつは、このままイベント会場へ突っ込ませたくなければ、クリムレット卿が取引に応じるように言ってきている」

ウィンターは去り際、アラランドさんに伝言を残していったらしい。狙いはウィンターの言っていた、《滅びの魔法》に関する情報だろう。

そして、リトルハンドがクリムレット卿から引き出したかった情報でもある。

リトルハンドの『取引』は、まだ終わっていない。

「なるほどね」

話を聞いたクリムレットはうなずいた。

「予定より早くイベントを切り上げたけど……もはやイベントだけじゃなく、辺境伯領すべてが破壊の対象になっているね」

人間のリトルハンドでさえ止めるのに手間取った。そのデモナイズを異邦の巨大モンスターに使ったなら……そしてそれが猛スピードで駆け下りてくるなら、破壊力はいかほどだろう。しかも五体。

イベントを切り上げたとはいえ、まだ参加客はフーリァンに多く残っている。一体でも到着されたら、大きな被害が出る。

「ただいまー」

《転移魔法》で様子を見に行っていたサフィさんとスキアさんが帰ってきた。

「はったりじゃなかった。後輩と一緒に倒したやつと同じ見た目だ！」

人間の姿に戻っていたスキアさんが報告する。一緒に連れていっていたルキフゲが、その姿を記録していた。

「ただし、でかさは桁違《けたちが》いだったがな」

スキアさんの言葉通り、異邦の巨木をまるで雑草のように踏みつぶしながら駆け下りていくモンスターが記録されている。

「間違いねえな」

「ですね。デモナイズとかいうポーションを飲んだ化け物です。リトルハンドのときより巨大なので、異邦の巨大モンスターに飲ませたという話も本当でしょう」

アララドさんと俺はうなずき合った。

「仮にこいつらを『デモナイズ・モンスター』と呼称するとして」

サフィさんが言った。

「これらデモナイズ・モンスターは、別々の方向から、猛スピードで辺境伯領へやってきている。到達まで、もうほとんど猶予《ゆうよ》がない。このままだと進路上の村々をつぶしながら、フーリアンへやってくるよ」

「兵たちは対応できるかい？」

と尋ねたのはクリムレット卿。

「攻撃の破壊力は、より重くより速い方が高くなる。それを考えると、兵たちが束になって行ったところでまず止められない。生半可な魔法でも無理だ」

答えるサフィさん。俺もスキアさんも、その意見にうなずいた。

リトルハンドのときがそうだったが、デモナイズ・モンスターは魔法にも耐性があった。

急勾配の坂を転がってくる巨大な岩を想像してみると、よくわかる。やってくるのはその何倍も巨大で重く魔法も効きにくい、災害のような脅威だ。

「サフィちゃんが作っている魔法の『壁』は？」

「あれは研究途中だし、高さが足りない。そもそもあのでかさじゃ、ほとんどの障壁系の魔法なんて無意味だよ」

ううむとうなるクリムレット卿。そこにアララドさんが鋭い視線を向ける。

「で？　実際のところはどうなんだ？」

「何がだい？」

「存在すんのか？」

存在するわけがないと頭の片隅で思っていた。でも実際に聞いてみないことにはわからない。

もし種族を丸ごと殺す大量殺戮《さつりく》の魔法が本当にあるのなら、それをひた隠しにしている『悪い方』は、辺境伯側にならないか？

アララドさんは、はっきり真偽を確かめるために尋ねる。

「俺は雇われの身だから、どちらだろうとクリムレット卿を守るために行動するがよ、ちと気になるじゃねえか」

「……《滅びの魔法》なんてものは存在しない」

ややあって、クリムレット卿が答えた。

「なぜならスキアこそ、その魔族だからね」

「ええ⁉」

安堵する間もなく俺は声を上げた。スキアさん魔族だったの⁉

「なんだ知らなかったのか⁉　さっきの姿を見てなんとも思わなかったのか後輩お前！」

「スキアは声をもう少し抑えて。みんなにばれちゃうよ」

クリムレット卿が慌ててスキアさんを咎める。

サフィさんもアラドさんもリアクションが薄い。なんとなく察していたか、知っていたんだろう。

「この通り魔族はまだ滅びていない。なら《滅びの魔法》なんて存在しない。ま、このことは内緒にしてほしいんだけどね」

クリムレット卿に言われて、俺はうなずいた。

「すみません、それを正直にウィンターに言ったら止まってくれないんですか？」

「話なんて聞いてくれそうだったかい？　『じゃあやめます』って素直に言ってくれそう？」

「あー……」

言わないだろうなあ。

「ま、そういうことならいい」

アララドさんも納得したようにうなずく。

「取引には応じない。これは決定事項だ。住民やイベントの参加客にも、このことは明かさない。私たちで対処する」

クリムレット卿は立ち上がって断言した。

「やってくるのは理不尽なほど強大な破壊そのもの。それを止められるだけの力を持った者を選出する。アララド、君にも命を懸けてもらうよ」

「任された」

みんながうなずく中、俺も体に力を入れながらゆっくり立ち上がる。

「ロッドくんはメリアの護衛をよろしく」

何かできることがあれば、そう言おうとしたらクリムレット卿に先回りして言われた。

「もし何かしたいのであれば、二人でウィンターを説得で止めるための案を考えてくれないか」

「……了解です」

なんか無茶をさせないように牽制《けんせい》された気がするが、俺はおとなしくうなずいた。

選出されたのは、クリムレット卿の臣下の中でも個の力が強い者たち。

複数人で組になり、デモナイズ・モンスター一体にそれぞれ一組が対応する。

選抜されたのは呼び出されたザイン老師とサフィさん、アララドさんとスキアさんを含めた十一名だ。ほかに別の魔法工房から三人、ヴェンヘルを含めた辺境伯軍の精鋭が三人出ている。

クリムレット卿が直接指揮を執《と》り、ウェルトランさんはみんなをデモナイズ・モンスターのもとへと送る中継役として、魔法の支援をする。

撤収されていくイベント会場でせわしなく動くデモナイズ・モンスター対抗チームたちをしり目に、俺はメリアを見つける。

「ロッドさん！」

メリアが心配そうな顔で駆けてきた。

「ずっとトイレかと思って、シーシュさんと待っていたんですが」

そういえばそう言ったままだった。メリアは、今回何も知らされていない。イベントが無事に終了したとばかり思っているのだろう。

「何かあったんですね？」

「……えっと」

「忙しそうなお父様に『先に帰っていろ』と言われました。後片付けで忙しいとはいえ、それが何より怪しいです。あと、ロッドさん動きにくそうにしてますね。服もボロボロです。どうしたんですか？」

「終わるまで、一緒にここで待っていようか」

とりあえず俺はメリアに提案した。

「何があったのかお話ししてくれるならそうします」

「……わかったよ」

毅然《きぜん》としたメリアに、俺は苦笑しながらうなずいた。


イベント会場で忙しそうに動く辺境伯軍の兵士たちを眺めながら、俺はメリアに説明した。

「そんなことがあったんですか。わたしに内緒で」

事情を聞いて、メリアは半眼になった。

「さすがに巻き込むわけにはいかなかったんだよ」

「……そうかもしれませんけど、でも、のけ者にされるのも嫌です。事情を話してくれれば、不測の事態に備えて自衛くらいはできますから」

「ごめん。そうだね」

「わたしにできることは少ないと、思い知っていますので」

「…………」

彼女も、オークとの防衛戦からいろいろ考えていたらしい。自分にできることと、自分がやるべきこと。それを理解するには自分を顧《かえり》みることが必要だし、できることを増やすには成長が必要だ。

「今俺たちにできることが、こうして話すだけっていうのももどかしいけどね……」

「ですね。でも、お父様からウィンターを説得してほしいと頼まれたのでしょう？」

「それは、そうだけど、俺やメリアを危険な目に遭わせないための方便だと思う」

現在進行形で、辺境伯領は攻められている。ウィンターの説得など間に合うはずはない。

かといって、デモナイズ・モンスターに俺の魔法は通じない。虫のモンスター、ヤウシャッガイにメリアをさらわれたときもそうだったが、いつも肝心なところで、俺は役に立たないのだ。

それに今は副作用で体が重い。前のようにぶっ倒れるほど飲んではいなかったが、身体を動かすには普段以上の力がいる。俺なんかが行っても足手まといでしかない。

「まあ俺たちができることなんてそれくらいしかないけど」

「そうですよ」

デモナイズ・モンスターの侵攻をやめさせるための材料さえあれば、ウィンターを止められるかもしれない。

「でも《滅びの魔法》……？　敵はそれを知りたがっているんですか？」

メリアは首を傾げながら、思案顔だ。

「そうみたい」

「スキアさんが魔族だというのは知っていましたが……」

「知ってたんだ」

「はい。たしかにほかの魔族の人は誰も見たことないです」

かつて魔族と呼ばれる敵が攻めてきたとき、辺境伯領の英雄たちは異邦の民たちに《精神操作》の魔法をかけ、敵に対応するための先兵としたらしい。そのおかげで侵攻を押し返せたし、魔法で操られたまま戦ったから、誰もそのことを覚えていないと、そういうことだろう。

だが、ウィンターも言っていた。誰も踏破したことがない異邦を越えてこられる敵に、本当に

《精神操作》で操った異邦の民が対応できたのだろうか？

説得するとなれば敵のことをよく知らなければならない。ウィンターがどのような経緯でその結論に至ったのか、俺は考える。

魔族の姿を再現するというウィンターのデモナイズを使って変身したリトルハンドやモンスター。それらの姿が、実際の魔族であるスキアさんと似ても似つかないのは、参考にした文献の作者が魔族に会ったことがなかったため、想像で書いたものだったからだろう。

しかしウィンターが研究者だというなら、一冊だけでなくいくつも文献を参照しているはずだ。そのどの文献の作者も、本物の魔族を見たことがないということだろうか。

……もし、本物の魔族という存在を隠すために、著者が口裏を合わせ、存在を秘匿《ひとく》していたとしたら。どうしてもそれを行う必要があったとしたら。

戦いがあったとして、誰も魔族の姿を見ていないというのは謎だ。辺境伯領に攻めてくる前に片が付いたというなら、どうやって攻めてくることを予測できたのだろう。

「少し、引っかかるところがある」

だが、俺がそれを知ることはできない。もう過去のことである。

「いや、手がかりは――あるか」

俺はまだ片付けられていないテントの中に入った。追加のポーションを作るため、持ってきていた製作道具。その中に、ザイン老師からもらった、魔族との戦の戦場で倒したというドラゴンの魔石を加工した触媒用の魔法石があった。俺は魔法石を手に取った。

「これを分析できたとしたら……」

俺はディープインサイトを飲み、その魔法石に触れる。

【触媒用魔法石】
製作者：ザイン・ジオール
品質：10／10　最上級品質
材質：魔石
特記事項：ザイン・ジオールが製作した触媒用の魔法石。魔法を使い素手で球状に加工したもの。材料の魔石は百年前、魔族との戦いで瞬殺したドラゴンから採取したもの。触媒用の魔法石としては世界最高峰の性能を誇る。

基本情報が頭の中に入ってくる。やはりこの魔法石は、魔族との戦いのときに手に入れたものだった。

でも、これ以上はないのか。もっと、手がかりになりそうな情報は。

このポーションは集中すればするほど分析の精度が増す。もっと神経をとがらせ、意識を魔法石に集中させる。

「何かわかりました？　ロッドさん？」

メリアの声もだんだん聞こえなくなってくる。ほかの物であれば、もろい部分が光って見えるようになるが、この魔法石ではそれはない。ザイン老師がほぼ完ぺきに加工したからだ。

「…………」

代わりに、何か映像のようなものが脳裏をよぎってきた。


それは荒野のような場所で佇《たたず》む六人の魔法使いらしき人物たち。

後ろには、ところどころから火の手が上がっている村々が見える。

「我が辺境伯領の民たちは？」

三十代前後くらいの女性が言った。

「ほとんどの者たちが魔族に殺された。女子どもも関係なしだ」

掘りの深い顔の老翁《ろうおう》がうなずいた。はちきれんばかりの筋肉がローブに浮き出ている。間違いなくザイン老師の姿だった。

「残っているのは我々だけか？」

「もはや、王国全土が殺戮し尽くされるのも時間の問題か」

「我々は、戦に負けた。負けたんだ」

おそらく、彼らは辺境伯領を魔族から守った英雄――とされる人たちだ。

しかし……「戦に負けた」？　そう言ったのか？　聞き間違いでは、ない。

殺されたとも言っていた。背後で燃えているのは、辺境伯領フーリァンか。

「だが、まだ希望はある」

と、黒い外套を羽織った人物が言った。スキアさんか……？

スキアさんと思われる人物が、魔法陣の描かれた羊皮紙に魔法石を置く。

「この《神格召喚《しんかくしょうかん》》で」

英雄たちはうなずいた。

彼らの後ろには、生き残ったらしい人たちがいた。

金属の鎖でつながれた、エルフや人間が数十人。魔力の高い種族だろう。大勢いた。全員《精神操作》で自由を奪っているのか、表情に生気がなく、おとなしくしている。

「……今さら聞くのもおかしいが、本当にいいのか？」

英雄の一人が言った。

「問題ない」

スキアさんと思われる人物が答える。

「同胞を裏切ることになるぞ」

「それでも、だ。こんな殺戮は間違っている」

そう言ってから、スキアさんと思われる人物が魔法を詠唱する。

「現れよ――《神格》タキオナ」

詠唱を終えて、スキアさんと思われる人物は魔法を発動。その瞬間、鎖でつながれた人々が倒れ伏し、魔法陣が光り輝いた。

周囲の空気が重苦しく一変する。現れたのは、六対の輝く翼が生えた、巨大な光の塊のようなもの。

その存在感に、英雄たちは圧倒されている。

「……これが、神に等しき力の魔法か」

「こんなものに頼らねばならんのか。多くの魔法使いを犠牲にして」

「仕方あるまい。でなければ、もっとひどいことになる」

——何をどうしたい？

光の塊は、英雄たちに問いかけた——ように見えた。

「我々は」

三十代前後くらいの女性が、光の塊に答えた。

「この現実を拒絶する」


それはおそらく、倒されたと思われるドラゴンが見ていた光景。魔法石のもともとの素材の記録のようなもの。俺の一番求めていたその瞬間をディープインサイトは分析した。

「…………！」

真実なのかと疑いたくなる光景を見た。

魔族と戦い勝利したと思われていた歴史は、本当は負けていた。そして、その手に負えない魔族をどうにかするために、魔法を使った。

それはたぶん、ウィンターの言っていた《滅びの魔法》に類する大魔法だ。そして、それから、魔族に勝ったことにしたのだろう。

スキアさんが魔法の発動者だったなら、ただ一人、生き残っている魔族ということも納得できる。当事者だから、滅びから逃れることも可能ということだろう。

「ロッドさん！」

「――っ！」

耳元で大声で言われて、俺は我に返った。メリアが何度も俺の名前を呼んでいたらしい。

「あ、うん」

「大丈夫ですか？　呼びかけても全然反応がなかったから……」

《滅びの魔法》は、本当にあった。

――英雄たちは《神格召喚》と言っていたが、実際にあるのなら、ウィンターを説得するどころではない。

クリムレット卿はこのことを知っているのだろうか。今のロウレンス・クリムレット辺境伯は当事者ではない。そのご先祖様がやったことである。

「それで、何かわかったんですか？　何か、説得するような材料はありました？」

「うーん、なんて言ったらいいか……あるっぽいんだよね、《滅びの魔法》らしき魔法」

とっさに答えてから、しまったと思った。

「…………」

メリアは、一瞬呆気にとられたあと、俺の手を引いた。

「行きましょうロッドさん。お父様にこのことを問いただします」


イベント会場では、クリムレット卿を中心に、みんなが動いている。

参謀《さんぼう》の兵が、ルキフゲや斥候《せっこう》から得た情報をもとにデモナイズ・モンスターの現在位置と進行方向、それに最終到達地点を算出。ウェルトランさんが選抜された人たちを《転移魔法》で次々転移させる。侵攻するデモナイズ・モンスターの予想進路上へと送っているのだ。

一番先に送られたサフィさんとザイン老師のチームがすでに敵と戦闘に入っている。

「お父様、ほんの少しでいいのでお時間いただけますか！」

「すまないが、時間がない。あとにしてくれ」

メリアの頼みは、クリムレット卿に一蹴された。

「メリア様、ロッド殿、申し訳ありませんが、今は……」

護衛についていたジェラードさんに頭を下げられる。

それはそうだ。今、領民たちの命が懸かった大事な作戦の指揮を執っている。俺たちと与太話《よたばなし》をしている時間はないだろう。

「クリムレット卿」

俺は踵《きびす》を返しながら、返答を気にせずに伝えた。

「過去を見ました。この目で。百年前に何が起こったか」

「…………」

クリムレットは真剣そうな表情のまま俺の目を見て、

「なるほど……何をしたかわからないが、君の『見た』通りだ」

淡々と答えた。

「皆が歩いているのは、昔私の先祖が作った『偉大な歴史』の上だ」

その口ぶりでわかった。クリムレット卿も、おそらく知っているのだろう。《滅びの魔法》に類する魔法があると。自分の先祖がどんなことをしてきたかを。

滅ぼしたというよりは、過去の人たちの口ぶりからすると『事実を魔法で改変した』というほうが正しいか。それが行われた。人々の記憶もそれに合わせて変わってしまうなら、誰も知らないはずである。そしてそれを、辺境伯領はずっと隠蔽し続けてきたのだ。

もしかしたら、正しいことをしているのは時計塔のほうなのではないだろうか？

隠している事実を明かすことでデモナイズ・モンスターが止められるのなら、むしろそうするべきなのでは。

自分たちに向けて《神格召喚》が使われるリスクを考えれば、自分たちが安全のために研究し管理したいと考えるのも普通だろう。

そう考えて、俺は首を左右に振った。

クリムレット卿の判断は正しい……はずだ。

俺とメリアが特設テントから出ると、スキアさんが慌てた様子でイベントで売っていた自走砲台を片付けていた。

「スキアさん、まだ行ってなかったんですか？」

「うむ、ちょうどよかった後輩！」

今まさにデモナイズ・モンスターの迎撃に向かっているはずだったスキアさんがいて、俺は面食らってしまった。

「余の自走砲台アスモダイを工房に持って帰ってくれ！　結局売れなかったが、そのうち買い手が現れるかもしれん！」

「それは構いませんが……スキアさん、あなたは、何者なんです？」

物騒な自走砲台を渡されながら、俺はスキアさんに聞いた。彼女は百年前、《神格召喚》を使った魔法使いの一人だった。そしておそらく、魔族を裏切って人間側についた。

彼女は、いったい何を知っていて、どうして今ここにいるのだろう。

「知らん。余には記憶がないからな」

スキアさんはあっさりと答えた。

「記憶がない？」

「うむ、過去のことは何も覚えておらん。自分が魔族だというのは当時のクリムレットに教えてもらって知った。スキア・ノトーリア・エクリプスという名前も余が自分でつけた。かっこいいだろう」

「そう、だったんですか？」

「過去に使った魔法の後遺症らしいが、それもよくわからん」

スキアさんは少し表情を陰らせた。

「……何か思い出せなかったり昔の自分がわからなかったりするのは、時としてもどかしくなる。呪いのようなものだ。だが、余にとってはどうでもいい。『今がいい』と自分で思っているから、それで全部忘れられる」

後遺症というのは大魔法《神格召喚》が体にかける負担が、記憶喪失《そうしつ》として出たということだろうか。《重力》のように、効果の大きな魔法には負荷がかかりやすくなる。

「馬鹿、何してんだ！　オレらが最後なんだ、さっさと行くぞ！」

まだ待機していなかったことに気づいたアラランドさんが、スキアさんの首根っこをつかんで連れていく。

「何か弱気になっておるようだが、聞け後輩！」

腕を組んで得意げになったスキアさんが俺に言った。

「弱気になったり迷ったりするのは力が足りないからだ。今のお前にできることは本当にメリアのお守りだけか？　よく考えろ！」

「じゃあなロッド。すべて終わったらまた飯でも付き合えよ」

アララドさんに引きずられながら、スキアさんがテントの中へと消えていった。

魔法使いとしての力が足りない。そういえば初めてスキアさんに会った時も似たようなことを言われたな。

思えば、俺が両親を焚き火にくべたあのときも、力が足りなかったから俺はキャンプから出て薪を拾いに行くことができなかったし、延命に有効そうな薬草を探しに行くことさえしなかった。

もし俺に力があったら……何かを犠牲にしないで済んだかもしれない。強ければ、行動の幅を広げることができたはず。

「ロッドさん」

メリアがうつむきがちに言った。

「わたしは今、どうするべきなんでしょう。本当にこのままおうちへ帰るだけでいいんでしょうか」

俺と同じようなもどかしさを感じていたらしい。俺は、返答に逡巡《しゅんじゅん》する。

「全員、領民の皆さんを助けるために動いているのに、わたしは何もしていない。それが悔しいです」

メリアが言ったのと同時に、ウェルトランさんがふらふらになりながら近づいてきた。

「やあ、大丈夫かいロッドくん」

「ウェルトランさん」

「私も君と同じく、魔力切れでヘロヘロだ。まったくクリムレット卿は人使いが荒い」

「……ウェルトランさんは《神格召喚》をご存じですか？」

ウェルトランさんは意外そうに一瞬目を丸くし、人差し指を微笑する口元へとやった。

「外でその言葉は軽はずみに言わないほうがいい……貴君がそれを知っていたとは驚きだよ。諜報《ちょうほう》員《いん》に向いているね」

「百年前のことをご存じだったんですか」

「戦に参加していたのは先代の里長だったけれどね。《神格召喚》……あれは二度と使わせない。異邦の民と辺境伯領の和平は、その禁忌《きんき》を封じることを条件の一つとしてなされたものだからね。まあもっとも、あの羊皮紙の魔法陣は一度使ったきり破損して、もう使えないはずだ。《神格タキオナの召喚》を使うための魔法陣はね。特殊な魔法だから複製もできない」

「そうなんですか……」

「だがそれを敵に明け渡すこともしない。なんでかわかるかい？」

聞かれて、俺は先ほどのメリアの言葉を思い出した。

領民の皆さんを助けるために動いている——クリムレット卿の行動理念は、たぶん、いつだってそこだ。俺は、小さくうなずいた。

「クリムレット卿は、犠牲者を少なくするために、自分が思う最善の手を尽くしてきた。たぶん、それは『禁忌を独り占めしたいから意地でも渡さない』というものではなく、誰かの手に渡ることで誰かが犠牲になるリスクを避けるためにとっている選択なんだと思います」

俺が答えると、ウェルトランさんはうなずいた。

「そういうことだね」

デモナイズ・モンスターの迎撃も、一定の強さ以下では対応できず無駄死ににになると判断し、最小限の人員で最大攻撃力をぶつけることを選んだ。

昔のクリムレット卿も同じだ。被害を最小限に収めるために、やむなく禁忌を破った。

「力があったらあったで、最良の選択をしなければ生き残っていけない。それもまた難しいことなんだよ」

ウェルトランさんは笑うと、俺の肩を優しくたたいた。

「まあ、この騒動が収まったら、改めてクリムレット卿と話をしてみるといい。今は、まだ安全な場所に」

「はい……戻ろうかメリア」

「…………」

メリアは答えない。

ここまでよくやった。あとは任せた。

それでいいのか？

本当に俺はやれるだけのことをやったのだろうか。

考えていると――

「！」

大きな音とともに、地響きが足元を震わせた。

「デモナイズ・モンスター一体、突破されました！」

異邦のほうから伝達用に発動させた光の魔法が瞬いたのを見て、伝令兵の一人が叫んだ。

「なっ……」

地響きでふらつくメリアを支えながら、俺は異邦を仰ぎ見た。

今の光……最大攻撃力を持った精鋭たちの防衛が一か所、突破されたことを知らせる光の魔法だったらしい。

「予備隊を回せ！」

参謀が兵に指示を飛ばす。だが、再び異邦の別の場所から光の魔法。

「デモナイズ・モンスターもう一体、突破されました！」

「――もはや、総力戦しかないか……辺境伯軍を送り込む！　ジェラード隊長は準備を！」

「はっ！　いつでもご命令ください！」

ジェラードさんは部下の兵数十人を連れて、待機。このうちの何割かが犠牲になるのを覚悟のうえで、参謀の兵は出撃命令を下そうとしている。

「ウェルトラン殿！　聞こえていましたか！　《転移魔法》をよろしく頼みます！」

「今行こう」

ウェルトランさんも身をひるがえして特設テントの前まで戻っていく。

この戦力でも勝てない……？

待機するジェラードさんたちを、《転移魔法》を使おうとするウェルトランさんを眺めながら、俺は立ち尽くす。

「…………！」

メリアが俺の手を強く握ってきて、俺はびくりとなった。

彼女の目に決意の色が滲んでいる。

スキアさんから工房に戻しておけと託された自走砲台アスモダイが、横に鎮座している。

絶対に戻るべきだ。メリアの屋敷に。彼女の安全のためにも。

行っても、絶対に足手まといにしかならない。だから、絶対に……

「…………」

俺は、強く握ってくるメリアの手を——

‡

数分前。

デモナイズ・モンスターの迎撃のため現地に赴《おもむ》いていたアララドとスキアは、真夜中の異邦の中で敵を待っていた。照明は月明かりのみだが、目が慣れれば周囲はよく見渡せた。

地響きが聞こえる。敵は、すぐそこまで迫っていた。

「ふん、オレとスキアのペアなんてよ、ぞっとしねえぜ」

アララドは軽口を吐き出し、

「チームワークを発揮できる気がせんな」

スキアがそれに応じた。

「まあ、いいがな。抜かれたら辺境伯領は終わりだ。気合入れるぞ」

「余に命令するな」

「で、作戦はどうする？　クリムレット卿は現場の判断に任せると言っていたが」

「決まっている。合わせろ」

「だからどうすんだって！」

言い合いをしていると、周囲を破壊しながら走ってくる超巨大デモナイズ・モンスターが見えてくる。アララドが大太刀の柄に手をかけた。

「来やがった⁉」

「アトラス！　引きつけてから動きを止めろ！」

仁王立ちする似非ゴーレムはうなずいてから、両手を広げて敵の接近を待つ。

「余の攻撃は大振りだからな。アトラスが動きを止めてから攻撃しないと当たらんのだ」

「どう見ても大きさが足らねえ気がするが――」

アララドはそう言いながら、何か近づいてくる別の気配に気づいた。

「あぶねえ！」

突然アララドがスキアを突き飛ばす。

すぐあとに、二人がいた場所に衝撃波が通り抜けた。衝撃波は巨木や雑草を切り飛ばし、地面を抉り、アトラスの右半分を吹き飛ばしていく。

「おいいいいい！　どうした！」

いきなり突き飛ばされて激昂《げきこう》するスキア。

構えるアララド。こちらに向かって歩いてくる大男が一人、いた。

ウィンターと同じ仮面をかぶっている。手には、魔法石のついた大剣。

「てめえ何者だ？」

アララドが大太刀を抜きながら問うと、男が答える。

「時計塔の者だ。この通り、魔法と剣を融合《ゆうごう》させる研究をしていてな……あえて名乗る必要はないが、そうだな、呼びにくいのだったら、ポンポンとかスンスンとか、そういう名前で呼んでくれ」

「気が抜けるわ！」

そんなことを言っているうちに、強風や地鳴りとともに全力疾走のデモナイズ・モンスターが全速力で脇を抜けていく。

「アホ！　抜けられただろが！」

連絡用の光の魔法石に魔力を込めたスキアが叫んだ。

「スキア、お前はデモナイズ・モンスターを追ってくれ。オレはこちらを相手する」

「うむ！」

身体の半分が吹き飛んだアトラスを剣モードに変形させ、デモナイズ・モンスターのあとを追おうとするスキア。

「ぐっ！　速い！」

幸い周囲を破壊しながら進んでいるので見失うことはないだろうが——走っただけでは、もう追いつけない。

どうするか、足を動かす前にスキアは考える。が、この緊急事態で普段通りに頭が回るほど冴《さ》えてはいない。考えるよりさきに体が動くスキアにとっては、少々難儀だ。

「ええい！　とにかく追いつ――」

《転移魔法》を使おうと魔法陣を展開させたとき、デモナイズ・モンスターの進路上にまばゆい銀色の閃光が迸《ほとばし》った。

「これは――余の《エーテリックストライク》の光!?」

自分は何もしていない。しかし、自分は何もしないまま無意識に攻撃できる天才かもしれない。

そうスキアが考えている横で……

「伏兵か」

仮面の大男がつぶやいた。

「伏兵……？」

アラドは考えを巡らせて、目をすがめる。

「なぜそちらも不思議そうな顔をしている？」

「……いや、来ちまったのかと思ってよ」

「そのなんとも言えん反応は解《げ》せんな。自分たちの兵ではないのか？」

「誰が応援に来たのかはなんとなく察しがついた。本当、頼りになるぜ」

アラドは、知らずのうちに笑っていた。あいつが来たのだ。

緊急事態を想定して、応援に来た。ボロボロで、何もできないかもしれないくせに。

「これは、余が天才ということだ！」

意味の分からないことを口走りながら笑うスキアは、《転移魔法》で移動する。

「ウィンターのデモナイズを飲んだ超巨大モンスターがそう簡単に止まるとは思えん」

仮面の大男は剣を構えながら言った。

「会話を続けて時間稼ぎしてんのか？　デモナイズ・モンスターが辺境伯領へ到着するまでよ」

「付き合ってくれるのか？」

「時間稼ぎしてえのはこっちだぜ。お前をここに縛りつけておけば、あとはあいつらがデモナイズ・モンスターを倒してくれるからな」

「無用な争いはしない主義だが……」

仮面の大男が軽やかに距離を詰め、大剣を振るう。アララドが大太刀でそれを受けた。

「ならば貴様を殺して、すぐに伏兵も殺しに行くとする」

「だったら俺がてめえを殺して、すぐにあいつらを助けに行くとするぜ！」

剣戟《けんげき》の音と衝撃が、異邦の森に響き渡った。

‡

——地響きが足元を打っている。

超巨大デモナイズ・モンスターは勢いが衰《おとろ》えないまま、こちらにまっすぐ向かってきている感覚がする。

「も、もうだめだ……！」

俺はつぶやきながら、泣きそうになっていた。

動いてみたけれど、メリアも一緒に連れてきてしまったことに後悔の念を覚える。彼女だけでも、安全な場所に避難させておけばよかった。

「勝手にメリアをこんなところに連れ出すなんて、クリムレット卿に殺される！　今度こそ殺される！」

クリムレット卿が席を外している間に、ウェルトランさんに無理にお願いして転移させてもらった。ウェルトランさんは渋《しぶ》っていたけれど、俺とメリアが「戦闘はせず味方を支援するだけだから」と嘘をついてどうにか説得した。

あとで絶対にクリムレット卿に怒られる。いや、怒られるだけではすまなそうか。

「だったらわたしが無理やりロッドさんを連れてきたことにしますので！」

「んな無茶な！」

「だって、わたしもう嫌なんです！　裏で誰かが苦しんでいるのに何も知らないでいるのも、恐怖に屈して何もできず膝を折るのも！」

メリアに言われて、俺はうなずいた。

「だから——来てよかった！」

ルキフゲで位置を特定するまでもない。もう山から見えている。とてつもない大きさのものが、大量の土煙を上げながら駆け下りている。

その中で二か所、防衛が抜けられたことを知らせる光の魔法石が瞬いている場所がある。

一つは、用意していた予備隊が向かっている。残りの一か所。ジェラードさんの隊が行くより前の露払《つゆはら》いに、俺たちは来ている。

俺は拳を握った。体は、ちゃんと動く。

「指揮は任せるよメリア！」

「もちろんです！」

走ってくるデモナイズ・モンスターが見えてくる。俺は進路上に立ちはだかるように、メリアは木に登って高いところから戦場を見下ろす。

「行くぞ、スキアさんの売れ残り魔法道具！」

俺は勝手に持ってきた自走砲台アスモダイに魔力を込める。

スキアさんがマジッククラフト・マーケットで売っていて、結局売れなかった魔法道具。こんなすばらしそうな兵器、ここで使わないでいつ使うというんだ。

疲労した体にのしかかる、魔力を吸われる重圧。やはりスキアさんの魔法道具は、一回使うだけでもかなり心身が消耗してきつい。

「狙いは、やっぱり――」

「足元！　攻撃のすべてを右足に！」

「了解！」

俺もメリアも、考えていることは同じだった。

アスモダイがデモナイズ・モンスターを敵と認識し、なぜか接近してから《エーテリックストライク》を放つ。

とにかく、片足だけでも損傷させる。自由な動きを奪えれば、辺境伯領への突撃は止められる。

「――――！」

閃光と轟音が奔る。

右足に超威力の《エーテリックストライク》を受け、デモナイズ・モンスターはぐらりとよろめき、足を止める。魔法で抉れた地面に足を取られる。

改めて見上げるが、あまりにでかい。巨体が月明かりを隠し、異邦の森に暗がりを作っている。

「というか、なんで砲台って言ってたのにほぼゼロ距離で撃つんだ!?」

そういう設定なんだろうけど、近づく意味あったか？

おかげで動きを止めることができたが――

「きっつ！　超きっつ！」

体にもう限界が来ていた。

俺は盗賊のヴァーノンが所持していた魔法石《ヘヴィ・ストリングス》を使い、自分で自分の体を操っていた。

スキアさんの燃費最悪な自走砲台を動かしつつ、《ヘヴィ・ストリングス》で自分を動かしつつ、目の前の超巨大モンスターに対処する。倒れてしまわないように、俺は自分の足に力を込める。

「後輩⁉　メリア⁉　なんで来てるんだ⁉」

デモナイズ・モンスターを追ってきたのか、スキアさんが駆け下りてくる。意外だった。抜かれたのはアララドさんとスキアさんのペアだったのか。

「……スキアさん、言ってましたよね。『今のお前にできることは本当にメリアのお守りだけか？』って。二人で、強くなって前に進むために、来ました！」

「違うだろ！　余の自走砲台アスモダイを工房にしまっておけってことだろ！」

「えっ？　そうなんですか⁉」

「言ってただろさっき！　言ってただろさっき！」

大事なことらしく二回言っている。

それにしても、弱気な俺たちを元気づけるためにかけてくれた言葉じゃなかったの。

「後輩貴様！　余の商品を勝手に中古品にするんじゃない！」

「大丈夫です、半額でも誰も買わないので」

「買うわ！　余だったら買うわ！　可能な限り近づいて最大威力の魔法を撃ってくれるんだぞ！すごいだろどう考えても！」

「近づく意味は⁉」

俺は《ヘヴィ・ストリングス》の魔法石に魔力を込め、操り糸をデモナイズ・モンスターへ向ける。

自走砲台で動きを止め、《ヘヴィ・ストリングス》でこいつの動きを封じる。それが主な作戦だ。

俺自身を動かしながら、デモナイズ・モンスターの動きを止める！

しかし伸びた糸はしっかりつながったものの、立ち上がり体勢を整えるデモナイズ・モンスターの動きを止めることができない。

「だっ、だめか⁉」

さすがに力が強すぎて操れないか。ヴァーノンも気を失っている部下を操っていたし、抵抗する力が強すぎると無理なのか。

「じゃあ、これなら――」

複数の糸をより合わせて、強靭な一本に。一本で操れないなら複数本で操る。

「どうだ！」

俺はデモナイズ・モンスターに向けて《ヘヴィ・ストリングス》のより糸を向かわせる。

「ガアアアアッ！」

だが振り下ろされた拳が、スキアさんのアスモダイごと魔法のより糸を破壊する。より合わせたことで、容易に肉眼で確認できるほど太くなってしまった。そこを狙われた。

「あああああ！！！！」

自走砲台アスモダイをぺしゃんこにされてスキアさんは叫ぶ。

かなりお金をかけて、しかもマジッククラフト・マーケットのためだけに丹精《たんせい》込めて作った特製の魔法道具が、中古品どころかジャンク品になってしまった。

「なんだ！　作戦は！　足狙いでいいのか！」

スキアさんはやけくそ気味に俺たちに聞く。

「はい！　右足です！　すみませんスキアさん！」

返事をすると、変な魔法の衝撃波が俺たちの横を襲う。

「うおっ⁉」

衝撃はデモナイズ・モンスターの向こうから放たれたように見えた。

「たぶんアララドの戦闘の余波だ！　気をつけろ！」

アララドさんは別の敵と戦っていたのか。そりゃあ、抜かれる。

デモナイズ・モンスターが立ち上がって、咆哮を上げる。

「動きを止めろ後輩、メリア！　動きさえ止まれば、余の大振りが当たる！」

スキアさんが叫んで、アトラスの剣モードに魔力をさらに込めた。巨大な剣がまとっている《エーテリックストライク》の刃が増大する。

「動きを止めればいいんですね？」

メリアもうなずき、持っている《エア・バースト》の魔法石に魔力を込めた。

「わ、わかりました！」

……足、足だ。倒せなくとも片足を動かせなくすれば、とりあえず動きは止まる。

メリアが放った《エア・バースト》が足元で炸裂《さくれつ》する。

傷はつかないまでも少し動きが鈍った。

俺も、何か、この巨体をその場に釘付けにするための魔法。

そんなもの覚えていない。

そもそも俺の魔法は効かない。

「……とにかく、攻撃を！」

メリアの攻撃を受けても踏みとどまったデモナイズ・モンスターの反撃の蹴りが来る。

「通用しないなら」

飛びのきざま、俺は《火》の魔法陣を展開する。

「——今、この場で魔法を改良する！」

いつも生活補助として使っている下級魔法。その魔法が、攻撃魔法として改良された姿をイメージする。

考えろ。もっと強い攻撃的な火。もっと便利で、効率がよく、一番ダメージの通りやすい形を。

炎は、その性質ゆえにエネルギーが広く分散してしまう。だが一点集中で、力をそこだけに集約できれば破壊力が生まれるはずだ。

針より鋭く、剣より強靭に、一点を通すための力。

——形作られたのは、杭《くい》のような形の炎。

俺の、力の形。

形成された炎の杭四本すべて、デモナイズ・モンスターに向けて放つ。

炎の杭は四本とも敵の右足の甲を貫き、地面に縫いとめた。

貫けた……今度は効いた！　俺の魔法！

「スキアさん、今！」

すかさずメリアが叫ぶと、スキアさんはすでに大剣を振りかぶっていた。

デモナイズ・モンスターが地面から杭を抜いて逃れようと足を上げた瞬間——

「グアアッッ⁉」

炎の杭は爆《は》ぜて激しく燃焼した。デモナイズ・モンスターの動きが、完全に止まった。

「これをずっと待っていた！」

とっさに伏せると、スキアさんの《エーテリックストライク》付きの刃が横に一閃、デモナイズ・モンスターを両断した。

身体を分断されて地に倒れ、完全に動かなくなる超巨大デモナイズ・モンスター。スキアさんが、作戦完了を伝える光の魔法石に魔力を込めた。

木の上でガッツポーズするメリア。俺とスキアさんは、背中合わせになってそのまま周囲を警戒する。

「スキアさん」

「なんだ⁉」

お互い息も絶え絶えだった。俺なんて《ヘヴィ・ストリングス》がなければ立ってもいられないだろう。

「……俺にとって、嫌な思い出は呪いのようなものなんですが」

「なんの話だ？」

「そのときの思いを背負って前に進むことは、自分自身を大きく成長させてくれるような気がするんです。うまくは言えないですけど」

「余には関係がないな」

「同じですよ。何も思い出せないのは呪いみたいなものって言ってたでしょ。記憶がないという特異性は、成長するうえで唯一無二の要素になりえると思うんです。だから、別に、無視したり見ないふりしたりするんじゃなくて、自分の心が許せる量だけでも、取り入れていってていいんじゃないかって」

「……ふん、青二才が一丁前のこと言うな！」

「あいたっ」

背中を叩かれたが、きつい言葉とは裏腹に、スキアさんは笑っていた。

「周囲に敵なし。帰還するぞ！　もし手こずっているチームがいればすぐ応援に行くからな！　そのときはついてきてもらうぞ！」

スキアさんは自分で転移の穴を開け、一人でさっさと本部へ戻ってしまった。

俺とメリアも、すぐに追いかけた。

その後、全チームがデモナイズ・モンスターを撃破したという報告があり、俺たちは安堵した。

作戦に参加した兵たちは抱き合って喜び、諸手を高く突き上げて叫んだ。

「お疲れー……って、え？　ロッドくん？　お嬢まで？」

俺たちが戻ると、先に帰還していたサフィさんに驚かれた。事情を伝えなきゃいけないな。

「おいサフィ」

「ん？」

スキアさんは俺の肩をむんずとつかんでサフィさんに言った。

「こいつ面白いから余がもらう。余のノウハウをたたき込んで、立派な魔法道具職人にしてやろう！」

「はあ!?　だめ！　それは絶対だめ！」

サフィさんがスキアさんと反対側の俺の手をつかんで首を左右に振った。

そこにメリアも加わる。

「ロッドさんはわたしの臣下です！」

「いやクリムレット卿の臣下です！」

もう突っ込むのも疲れたんですが。

同じく疲労がたまっているのか、サフィさんも息を深く吐いて言った。

「ま、冗談はともかく、全員無事でよかったよ……あれ？　全員、無事、だよね？」

「そのはずですが……」

周囲を見回して、アララドさんを置いてきてしまっていたことに気づいた。

「敵が引き際を心得てなかったらまだ戦ってるかな……？」

「さすがにそれはないと思いたいですね」

「まあ、やつなら一晩放置したくらいじゃ死なんだろう！」

俺たちは遠い空に浮かぶアラランドさんの笑顔に思いを馳《は》せながら、撤収されていく現場を見守ることにした。

エピローグ

俺は、クリムレット卿と書庫に来ていた。

「そうか……そこまで分析できてしまうのか」

あれから、余力のある辺境伯軍の兵たちがウィンターと獣人の大男を探したが、どこにも姿はなかった。デモナイズ・モンスターがすべて撃破された時点で撤退したらしい。

すべてが片付いたあと俺が見た光景を報告すると、クリムレット卿は神妙な顔でうなずいた。そして、なぜかクリムレット卿の蔵書が保管されている書庫へと案内されたのだった。

「少し待ってくれ。手順がある」

クリムレット卿はそう言って本棚から本をどかし、裏側に隠された仕掛けを操作する。

「手順、ですか？」

それからクリムレット卿はドアを開けたり閉めたり、書見台の下部に隠されたつまみをひねったりを繰り返し、最後に床下に隠された魔法石に触れた。

「隠し部屋、ですか……？」

出てきた地下へと続く入り口を見て、俺が恐る恐る尋ねると、クリムレット卿はうなずいた。

そういえば、以前攻めてきたオークたちにも、書庫へ来た個体がいたらしい。サフィさんが倒したが、目的を持って書庫へ来ていたようだ。

そいつは魔法書を探していた、ということだったが……

「そうだ。君の推測は正しい。『司祭』と呼ばれていたオークシャーマンは、間違いなくここを目指していた。いや、ありかを探していた。魔法書がほしいというのは建前だろう。王城の書庫も荒らされていたらしいが、そこでも《神格召喚》に関する手がかりを探していたと推察できる。野生の勘か、かなりおしいところまで来ていたわけだ」

「リトルハンドの手記にも、『書庫には何があるか?』といったようなメモがありました」

俺とクリムレット卿は、地下への階段を下っていく。俺は光の下位魔法を発動して足元を照らした。

「ここからは、アララドやサフィちゃんでさえ知らない事実だ。君と、私の秘密だ。いいね?」

普段のおおらかなクリムレット卿からは想像もつかないような真剣な面持ちに、俺はゆっくり息を呑みながら首を縦に振った。そして、ここを下りた先には何があるか、想像がついてきた。

「そういえば、地下で神をも恐れぬ実験を行っていると、噂が立っていました。もっともそれは、サフィさんの工房のせいにされていましたが」

もともと少女怪盗オジサンことオズは、そういう噂をもとに工房にやってきたのだ。

「煙のないところに噂は立たないというからね。《滅びの魔法》の陰謀論と同じで、核心に迫る話が巡り巡って信憑性《しんぴょうせい》の疑わしい噂になっていたんだろう。そのとばっちりでサフィちゃんが割を食ってしまうことがあるのは申し訳ない。まあ、そういう噂も時計塔が流しているきらいがなきにしもあらずだが」

階段の終わりが見えてきた。

「本当に限られた者しか知らないから、他言無用だよ。手入れさえ行き届いていない場所だ」

そう言いながら、クリムレット卿はまとわりついてきたハエを手で払った。

「結論から言うと、君の『見た』通りだ。私の先祖は昔、禁忌とされている魔法を使った」

階段を下りると、廊下よりはほんの少し広い空間に出た。

奥まった場所には、魔法使いが研究に使う木製の机や本棚のようなものがある。まるで、小さな魔法工房のような場所だ。

「隠し場所として偽装してある」

とクリムレット卿は言った。

「万能の力を持った神の化身を召喚する《神格召喚》の大魔法、その一つである《神格タキオナの召喚》――使うことは決して許されないその魔法を、かつての英雄たちは使った。その残骸が、あの机の引き出しの中にある」

「残骸――では、やはり今は使えないんですか」

ウェルトランさんも破損していて使えないと言っていた。

「もし使えれば、もうポンポン使ってるよ」

クリムレット卿は冗談めかしながら答えた。

「彼らは《神格タキオナの召喚》で過去の事実を変えた。魔族に攻められ辺境が壊滅した未来から、魔族がいなくなり平和が続いている未来に。魔族は、英雄たちが多大な犠牲を払い押し返したことになった」

その英雄たちとは、当時の辺境伯だった女傑エレイン・クリムレット、エレインの右腕だった将軍ディミトリアス・アスカム、大魔法使いザイン・ジオール、その弟子だったマリオン・アルフレッドとジョアン・アルフレッド夫妻。そしてもう一人、魔族を裏切ったスキアさんだ。

「そして記憶や歴史を含めたあらゆる現実が、その変えられた事実に矛盾がないよう、合わせられた。それが、真実だ。壊滅した辺境伯領という一つの世界を作り直したと言ってもいい。まあ、私も伝えられていたことを聞いただけにすぎないが……とにかく」

クリムレット卿は机の引き出しから、ぼろぼろの羊皮紙を取り出した。魔法陣が描かれているが、その六割ほどが黒い染みになって見えない。中心が特にひどく、穴が空いたように真っ黒になっていた。

「昔の人間が、禁忌をおかしてできた世界が、この辺境伯領だ。魔族が本当にいなくなったのかもわからないし、いけにえとして死んだ魔力の高い者数十名は帰ってこない。そして、魔法は完全には成功せず、術者に呪いをもたらした。スキアは記憶を永遠に失い、大魔法使いザイン・ジオールは肉体の時間が百年前で止まり、英雄と呼ばれたディミトリアスとアルフレッド夫妻は命を落とした」

ザイン老師……さすがに百歳を超えてあれはないだろうと思っていたが、不完全な魔法の後遺症だったのか。

「昔の罪は消えないが、それでも、私にはこの地を守る義務がある」

「…………」

「物語を語るとするなら、それはもう百年前に終わってしまっている。今はもう、それがもとで出来上がってしまった現実を守るだけ。そのために、昔の罪とその残滓《ざんし》を脈々と受け継ぐのみだ」

クリムレット卿は羊皮紙を引き出しに戻し、俺に向き直る。

「私はこのまま、創り変えられた世界を守っていく。私の臣下になったからには君にも付き合ってもらうよ、ロッド・アーヴェリス」

「……はい」

「では、メリアの婿《むこ》候補に入れておこう。まあ、婿になるには地位が足りないので、さらに功績を残してもらう必要はあるが」

「え？　すみません、今なんて？」

声を潜めてクリムレット卿は何かつぶやいたけれど、よく聞こえなかった。いや、なんとなく聞こえたが、うまく理解できなかったと言ったほうが正しいか。

「…………」

「クリムレット卿？」

俺が聞いてもクリムレット卿は答えず、にっこりと笑う。

「クリムレット卿!?　なんか怖いんですけど！」

これにも無言。俺の戸惑いの声だけが小さな地下室にこだましていた。

いずれ最強の錬金術師?
SOMEDAY WILL I BE THE GREATEST ALCHEMIST?
1~16
小狐丸
KOGITSUNEMARU
シリーズ累計(電子含む)100万部突破!
2025年1月ついに
TVアニメ化!!
コミックス
1~7巻
好評発売中!
いずれ最強の錬金術師?
小狐丸
最強スキル
錬金術!!
……僕、のんびり暮らしたいだけなんだけど
1~16巻
好評発売中!
勇者召喚に巻き込まれ、異世界に転生した僕、タクミ。不憫な僕を哀れんで、女神様が特別なスキルをくれることになったので、地味な生産系スキルをお願いした。そして与えられたのは、錬金術という珍しいスキル。まだよくわからないけど、このスキル、すごい可能性を秘めていそう……!? 最強錬金術師を目指す僕の旅が、いま始まる!
いずれ最強の錬金術師?
1
原作 小狐丸
漫画 ささかまたろう
最強の生産スキル
錬金術発動
◉16巻 定価:1430円(10%税込)
1~15巻 各定価:1320円(10%税込)
◉Illustration:人米
◉7巻 定価:770円(10%税込)
1~6巻 各定価:748円(10%税込)
◉漫画:ささかまたろう B6判

異世界ゆるり紀行
子育てしながら冒険者します
1~15
水無月静琉
Minazuki Shizuru
シリーズ累計110万部(電子含む)突破!!
2024年7月
TVアニメ
放送開始!!
(テレ東・BSテレ東ほか)
1~15巻
好評発売中!
コミックス
1~8巻
好評発売中!
異世界ゆるり紀行 子育てしながら冒険者します
水無月静琉
転生したら双子を保護しました。
子連れ冒険者の異世界のんびりファンタジー!
子連れ冒険者の
のんびりファンタジー!
神様のミスで命を落とし、転生した茅野巧。様々なスキルを授かり異世界に送られると、そこは魔物が蠢く森の中だった。タクミはその森で双子と思しき幼い男女の子供を発見し、アレン、エレナと名づけて保護する。アレンとエレナの成長を見守りながらの、のんびり冒険者生活がスタートする!
異世界ゆるり紀行 子育てしながら冒険者します
水無月静琉
みずなともみ
1
転生したら、幼い双子を保護しました。
シリーズ累計15万部!!
◉各定価:1320円(10%税込) ◉Illustration:やまかわ
◉漫画:みずなともみ B6判 ◉各定価:748円(10%税込)

Re:Monster
リ・モンスター
金斬児狐
Kanekiru Kogitsune
1～9・外伝
8.5
暗黒大陸編1～4
シリーズ累計
170万部
(電子含む)
突破!
2024年4月4日～!
TVアニメ
放送開始!!
(TOKYO MX、BS11ほか)
ネットで話題沸騰!
怪物転生
ファンタジー
最弱ゴブリンの下克上物語 大好評発売中!
Re:Monster
リ・モンスター
金斬児狐
転生したのはまさかの最弱ゴブリン!?
【小説】
1～9巻／外伝／8・5巻
●各定価：1320円(10％税込)
●illustration：ヤマーダ
新章
Re:Monster
暗黒大陸編
リ・モンスター
1
最弱ゴブリンから最強黒鬼へ――
そして新世界の伝説へ!
新たな旅が今始まる!
65万部!
新シリーズ!
【小説】
1～4巻(以下続刊)
●各定価：1320円(10％税込)
●illustration：NAJI柳田
コミカライズも大好評!
Re:Monster
リ・モンスター
1
転生したのは…最弱ゴブリン!?
異世界下克上
サバイバルファンタジー
累計23万部突破!!
待望のコミカライズ!!
【漫画】
1～11巻(以下続刊)
●各定価：748円(10％税込)
●漫画：小早川ハルヨシ

自宅アパート一棟と
共に異世界へ
如月雪名
Kisaragi Yukina
蔑まれていた令嬢に転生(?)しましたが、自由に生きることにしました
アルファポリス第16回ファンタジー小説大賞
特別賞
受賞作!!
異空間のアパート⇔異世界の
悠々自適な二拠点生活始めました!
ダンジョン直結、異世界まで
徒歩0分!?

自宅アパート一棟と
共に異世界へ
如月雪名
ダンジョン直結、
異世界まで
徒歩0分!?
特別賞
受賞作!!
アルファポリス
異空間のアパート⇔異世界の悠々自適な二拠点生活始めました!

アルファポリス第16回ファンタジー小説大賞**奨励賞**受賞作!!

トラックにひかれ、気がつくと異世界で5歳児に転生していた元OLの七《なな》瀬《せ》千《ち》那《な》、28歳。偶然出会った3人組のイケメン冒険者パーティーに保護されたチナだったが、なんと彼女は神の子供で精霊姫の称号を持つ、唯一無二の存在だった! チート能力だらけのチナを優しく受け入れてくれた3人のすすめで、チナは憧れだった冒険者になることに。もふもふの神獣や個性豊かな精霊王たち、ちょっと過保護な仲間たちに見守られながら、チナの自由気ままな冒険者ライフが幕を開ける——!

◉定価:1430円(10%税込) ◉ISBN 978-4-434-33916-5 ◉illustration:蒼

この作品に対する皆様のご意見・ご感想をお待ちしております。

おハガキ・お手紙は以下の宛先にお送りください。

【宛先】

〒150-6019 東京都渋谷区恵比寿 4-20-3 恵比寿ｶﾞｰﾃﾞﾝﾌﾟﾚｲｽﾀﾜｰ 19F
（株）アルファポリス　書籍感想係

メールフォームでのご意見・ご感想は右のＱＲコードから、
あるいは以下のワードで検索をかけてください。

アルファポリス　書籍の感想　検索

ご感想はこちらから

本書はWebサイト「アルファポリス」（https://www.alphapolis.co.jp/）に投稿されたものを、改題・改稿、加筆のうえ、書籍化したものです。

辺境《へんきょう》薬術《やくじゅつ》師《し》のポーションは至高《しこう》 2

騎士団《きしだん》を追放《ついほう》されても、魔法薬《まほうやく》がすべてを解決《かいけつ》する

鶴井こう（かくいこう）

2024年 5月31日初版発行

編集－今井太一・宮田可南子
編集長－太田鉄平
発行者－梶本雄介
発行所－株式会社アルファポリス
〒150-6019 東京都渋谷区恵比寿4-20-3 恵比寿ｶﾞｰﾃﾞﾝﾌﾟﾚｲｽﾀﾜｰ19F
TEL 03-6277-1601（営業）　03-6277-1602（編集）
URL https://www.alphapolis.co.jp/
発売元－株式会社星雲社（共同出版社・流通責任出版社）
〒112-0005 東京都文京区水道1-3-30
TEL 03-3868-3275
装丁・本文イラスト－中西達哉
装丁デザイン－AFTERGLOW
印刷－中央精版印刷株式会社

価格はカバーに表示されてあります。

落丁乱丁の場合はアルファポリスまでご連絡ください。

送料は小社負担でお取り替えします。


ISBN978-4-434-33928-8　C0093